岳阳诗词风流

The Elegance of Yueyang Poetry

李丹 著

千古文脉 · 地方文化 · 诗词赏析

天津出版传媒集团
百花文艺出版社

图书在版编目（CIP）数据

岳阳诗词风流 / 李丹著. -- 天津 : 百花文艺出版社, 2025. 6. -- ISBN 978-7-5306-9202-8

Ⅰ. I267

中国国家版本馆CIP数据核字第2025XX2272号

岳阳诗词风流

YUEYANG SHICI FENGLIU

李丹　著

出 版 人：薛印胜

责任编辑：王　欣　　**装帧设计：**云上雅集

出版发行：百花文艺出版社

地址：天津市和平区西康路35号　**邮编：**300051

电话传真：+86-22-23332651（发行部）

+86-22-23332656（总编室）

+86-22-23332478（邮购部）

网址：http：//www.baihuawenyi.com

印刷：长沙市精宏印务有限公司

开本：710毫米×1000毫米　1/16

字数：160千字

印张：15

版次：2025年6月第1版

印次：2025年6月第1次印刷

定价：98.00元

如有印装质量问题，请与长沙市精宏印务有限公司联系调换

地址：长沙市开福区德雅路1246号

电话：（0731）85817162

邮编：410023

目录
CONTENTS

题君山

[唐]雍　陶

烟波不动影沉沉，翠色全无翠色深。
疑是水仙梳洗处，一螺青黛镜中心。

雍陶，生卒年不详，今成都人。其早年历经战乱、漂泊，最终于文宗大和八年（834）考取进士，由此开启仕宦生涯。此后，他被授为国子学毛诗博士，历任侍御史、国子博士、简州刺史等职，晚年辞官隐居庐山。

雍陶是晚唐前期颇为重要的诗人，诗歌创作题材广泛，涵盖忧国伤时、感时不遇、吟咏情怀、羁旅乡思、赠别酬唱等方面。他的诗风平淡清雅、清丽浅畅，同时兼具清逸幽寂之态，反映了晚唐士人普遍颓丧的心态。他擅长创作律诗和绝句，其中七言绝句约占其所有诗文的百分之六十。

其诗歌语言精炼，对仗工整，景物描写细致入微，情感表达真挚动人。雍陶的诗歌创作受到同时代诗人的推崇，《唐才子传》称其“工于辞赋”，《题君山》是他的代表作之一。

雍陶出身寒门，性格耿介，不尚逢迎，久困科场，志向难伸。虽然最终获得进士之名，却长期任职地方，漂泊不定，一生坎坷。他因耿直孤行而不容于世，这也使得他的诗歌少有阿谀逢迎之词，多为奋笔直陈民生疾苦之作。也正是丰富的地方任职经历，让他得以遍历西南、江南、塞北等地，并与浩渺壮丽的洞庭湖结下不解之缘。洞庭湖湖光山色之美不仅成为他疲惫心灵的暂时慰藉，也催生了《题君山》这首佳作。

诗歌首句“烟波不动影沉沉”将洞庭湖秋水浩茫、平静壮阔之景展现眼前。此时湖面风平浪静，仿佛看遍世间沉浮与喜乐，在悠悠时光中，唯有时间在无垠的宇宙中静静流逝。其中，“不动”二字赋予湖水以人的情态，“沉沉”二字描绘君山影子的色调，将洞庭湖壮丽可感的景色展现得淋漓尽致，生动自然，浑然天成。古人描写君山多从正面着笔，而雍陶则独辟蹊径，从侧面描绘君山轻盈的影子，充满朦胧美感，引人遐想。

“碧色全无翠色深”一句以清丽笔触描绘君山草木风貌。虽然未直接刻画一草一木，但一个“深”字便将山水与草木相互映衬的葱茏之态展现出来，不着痕迹。此外，明丽的色彩也很好地展现了诗人独特的审美情趣，营造出清淡高远的意境。

诗歌末两句“疑是水仙梳洗处，一螺青黛镜中心”由实转虚。一个“疑”字既是诗人自问，也自然引出神话传说。这里的“水仙”是指舜妃娥皇与女英为舜帝投水殉情的故事。这一缠绵悱恻的爱情悲剧寄寓了雍陶深沉的历史感慨与理想情怀。在仕途不顺的逆境中，尽管人生充满无常与漂泊之感，但他仍心怀美好希冀，也暗示了诗人对实现人生抱负的渴求与追寻。

“一螺青黛镜中心”以巧妙比喻收束全诗，将秀美的君山比作洞庭湖这面铜镜中仙女的螺髻，想象新奇，韵味无穷，令人情思荡漾。同时，此句也表明诗人是远观山水，观察细致，独出心裁地描绘出君山空灵清远的形象。晚唐时期，文人士子大多无法在现实中实现救世济民的人生抱负，只能寄情山水，从永恒的自然中寻求心灵的平静与慰藉。那么，在这清幽寂静之中，诗人是否能找到自我解脱？或许这正是《题君山》蕴含的深刻诗旨。

登岳阳楼

［唐］杜 甫

昔闻洞庭水，今上岳阳楼。
吴楚东南坼，乾坤日夜浮。
亲朋无一字，老病有孤舟。
戎马关山北，凭轩涕泗流。

杜甫（712—770），字子美，自号少陵野老，唐代伟大的现实主义诗人，与李白并称为“李杜”，后世称其杜拾遗、杜工部。杜甫生活在唐朝由盛转衰时期，经历了安史之乱，这些经历深深影响了他的诗歌创作，诗歌风格以沉郁顿挫、真挚感人而著称，表达了作者对现实民生和国家命运的忧虑。

《登岳阳楼》写于杜甫57岁人生晚年流寓湖湘的艰难岁月，其借由审美体验，开拓了包容万象的生命格局，成就了坚韧豁达的生命意识，不仅是描写岳阳楼题材中的佼佼者，也是其五言律诗的代表作品。

唐代宗大历三年（768）冬，生活困顿、年老体衰的诗人离开夔州（今重庆奉节），携妻儿乘舟沿江而下，几经周折来到岳州（今湖南岳阳）。长期漂泊的生活使他“右臂偏枯半耳聋”，罹患肺病、风痹症等恶疾。在这样的状态下，杜甫登上神往已久的岳阳楼，他远眺洞庭湖烟波浩渺、壮阔无垠的湖水，发出沉郁的感喟，心中激荡起对个人命运的无奈和对国家多灾多难的担忧，万千感慨流于笔端，为后世留下这篇意境雄浑的《登岳阳楼》。

“登高”一词出自《荀子·劝学篇》。《劝学篇》云：“吾尝跂而望矣，不如登高之博见也。登高而招，臂非加长也，而见者远。”由此可见，古代的文人墨客们或上远山，或登高楼，“登高”这一行为是存在于中国古典文学中的一种常见的传统抒情范式，站在更高更远处，突破的不仅是视野上观照万物的维度，更多的是探求生命的无限性。

首句“昔闻洞庭水，今上岳阳楼”看似平淡，却笔力千钧。诗人以洞庭湖为引子，通过“昔闻”与“今上”的对比，写出了诗人对洞庭湖壮丽奇观的神往。此外，诗句也突出了时空的错位感，也许晚年的杜甫会回顾他年轻时登泰山“会当凌绝顶，一览众山小”的壮志豪情，而如今诗人垂垂老矣，贫病交加，登上这座无数文人墨客登临过的名楼，排遣苦闷愁思，此处并无展示登楼的喜悦之情。

颔联“吴楚东南坼，乾坤日夜浮”，诗人通过短短十字写尽了八百里洞庭水的广袤深沉，写出了登楼者的敬畏愕然。多年以来的登楼夙愿看似得偿，诗人理应喜悦，其实晚来的登临之喜在一定程度上反映了杜甫对未能施展政治抱负的遗憾，此处“写透了观景者的豁达心境”表述不准确，从后文情感来看，此时诗人的心境更多的是遗憾与感慨。

按照常理来说，杜甫登楼之时，无法窥见吴楚大地风貌，但颔联气势磅礴雄浑，洞庭湖浩浩荡荡的湖水仿佛将吴楚两地分裂开来，一个“坼”字生动展现出洞庭湖的壮阔；“乾坤”是指天地，“浮”字传神地描摹出天地万物似乎在湖水的荡漾中浮浮沉沉，表达了诗人对大自然的敬畏与赞美，同时暗喻了时局的动荡不安。

颈联“亲朋无一字，老病有孤舟”这两句中，诗人直抒胸臆，展现了身处异乡，没有收到亲朋好友的信息，而自己年老多病，带着一家人孤舟漂泊的悲惨境遇，抒发了诗人对个体生命渺小如尘埃的无奈之叹。而“戎马关山北，凭轩涕泗流”这两句则表达了诗人对国家战乱、民不聊生的深切忧虑。诗人站在岳阳楼上，虽然自身潦倒不堪，但远眺北方战火纷飞、戎马倥偬的景象，不禁泪流满面，他时刻胸怀天下，为老百姓的疾苦感到痛心疾首，展示了诗人对战争的厌恶。

诗歌语言质朴自然，情景交融，博大的境界浑然天成，丝毫不见斧凿之痕。诗人善于运用意象等手法，将抽象的情感具象化，将洞庭湖乃至整个天地万物的壮阔情景展露在读者眼前，同时自述了诗人在迟暮之年漂泊流离中的孤苦无依，历经丧乱，生存空间和精神空间都受到极大挤压，肉体与灵魂受到双重创伤，而他浑然忘却了自身痛苦，唯有对民生疾苦忧虑的家国之痛萦绕心间，读之令人倍感沉痛，这也是诗歌的不朽魅力与打动人心的力量所在。不少诗评家将此诗奉为“五律第一”，杜甫之所以被后世称之为“诗圣”，我们读罢这首诗，大概有了更深的理解与领悟。

与夏十二登岳阳楼

[唐]李　白

楼观岳阳尽，川迥洞庭开。
雁引愁心去，山衔好月来。
云间连下榻，天上接行杯。
醉后凉风起，吹人舞袖回。

李白（701—762），字太白，号青莲居士，祖籍陇西成纪（今甘肃省秦安县）。他的诗歌如同其人，飘逸不羁，充满了浪漫主义色彩。在唐朝的璀璨星空下，他以月为友，以酒为伴，以诗寄情，被后世尊称为“诗仙”。在李白的一生中，漫游四海、吟诗作赋是他不变的情怀，而洞庭湖这片古老而神秘的水域更是多次出现在他的生命轨迹之中，成为他诗歌灵感的源泉。然而，真正让李白在洞庭湖畔留下不朽篇章的却是他经历的一场人生风波：乾元二年（759），因卷入永王之乱而被流放夜郎，途中获赦，南游洞庭，登上了岳阳楼。那一刻，他的心情如潮水般汹涌，写下了《与夏十二登岳阳楼》，这首诗不仅是诗人对自然美景的赞美，更是他内心情感的一次深刻释放。

“楼观岳阳尽，川迥洞庭开”，诗歌开篇即以宏大的视角展开。岳阳楼高耸入云，俯瞰着脚下的世界；洞庭湖广阔无垠，与天际相接。这里的“岳阳”不仅仅是一个地理名词，承载着历史的厚重与文化的深邃，对于李白而言，更是心灵得以释放的新起点。在经历了生死边缘的挣扎与政治的波折后，眼前的景象仿佛大自然对他的宽慰，告诉他：世界依旧宽广，生命依然可期。他站在岳阳楼上，一番怀古，几番追忆，人生几度沉浮，或许有英雄暮年的伤感，但此刻，他的心随着这无边的景色一同开阔，所有忧愁与苦闷都显得渺小，给予读者以浩瀚的空间感。

“雁引愁心去，山衔好月来”这两句诗主要写登楼所见。秋末冬初，雁阵南飞（春末夏初，雁阵多北归，此处按季节规律修正），带走了诗人心中的忧愁，这不仅是季节的更迭，也是心灵的重生。而“山衔好月来”，一个“衔”字仿佛信手拈来，一气贯注，生动描绘了月亮缓缓升起的景象，赋予了山峦以生命。山与月成为李白情感的寄托，纵有英雄迟暮、功业难成的悲哀，但在春水深深、万顷波光的洞庭湖面前，一切苦难都化作波涛滚滚而逝。人间沧桑变尽，我们感受到了诗人与自然界的和谐共生，以及他那超越世俗、追求自由的精神境界。

“云间连下榻，天上接行杯”，这是诗人与友人夏十二共度的美好时光。在岳阳楼上，他们仿佛置身云端，举杯共饮，畅谈人生。这份友情如同天上的星辰，璀璨而永恒。李白对友情的珍视和对美好生活的向往在这两句诗中展现得淋漓尽致。在经历了人生低谷之后，这样的温馨与欢乐显得尤为珍贵，它不仅是诗人对现实生活的享受，更是对未来无限可能的憧憬。

“醉后凉风起，吹人舞袖回”，诗歌以醉后的凉风作为收尾，既是对前文欢乐气氛的延续，也是对诗人内心情感的再次升华，是豪情释放的终章。凉风拂面，不仅吹动着诗人的衣袖，也吹散了他心中的最后一丝阴霾。在这醉意朦胧之中，李白仿佛与天地同舞，在这一刻他的豪情壮志和不羁灵魂，得到了最彻底的释放。这不仅是诗人个人情感的抒发，更是对生命自由的赞歌，展现了李白作为“诗仙”的超凡脱俗与豪迈洒脱。

《与夏十二登岳阳楼》是李白人生转折点上的一首佳作，它不仅展现了诗人对自然美景的热爱，更深刻反映了他在经历人生波折后的心路历程。在这首诗中，我们看到了一个更加真实、更加立体的李白，他既有对自由的渴望，也有对友情的珍视；既有对生活的热爱，也有对命运的抗争。对于李白而言，洞庭湖这片见证了无数文人墨客悲欢离合的水域不仅是灵感的源泉，更是心灵的归宿。在这里，他用诗歌记录了自己的喜怒哀乐，用酒杯承载了对未来的希望。最终，以一种超然的态度笑对人生，继续他那未竟的诗意之旅。

李白的一生是诗与酒的交织，是梦与远方的呼唤。在《与夏十二登岳阳楼》这首诗中，我们读到了他的豁达，感受到了他的激情，更看到了一个在逆境中不屈不挠，始终保持着对生活热爱的灵魂。正如他所言："人生得意须尽欢，莫使金樽空对月。"李白这位永远的"诗仙"，用他的诗歌为我们诠释了何为真正的生命之歌。

望洞庭湖赠张丞相

［唐］孟浩然

八月湖水平，涵虚混太清。
气蒸云梦泽，波撼岳阳城。
欲济无舟楫，端居耻圣明。
坐观垂钓者，徒有羡鱼情。

孟浩然（689—740），字浩然，号孟山人，襄州襄阳（今湖北襄阳）人，世称“孟襄阳”，因未曾入仕，晚年隐居，又称“孟山人”“鹿门处士”，有《孟浩然集》三卷传世。他是唐代山水田园诗歌的代表诗人，乐山好水的隐士形象是世人贴在他身上的最大标签。

虽然《望洞庭湖赠张丞相》为写景诗，却成为干谒诗的典范之作，受到世人的普遍赞誉。李白曾写诗称赞他：“醉月频中圣，迷花不事君。”那么孟浩然是不是真的放弃了政治理想，归隐山林是不是完全发自本心呢?

这位出身书香门第的才子自幼便怀揣着治国平天下的远大理想，这是古代爱国知识分子普遍具有的一种家国情怀。然而，命运似乎总爱与他开玩笑，科举之路的挫败让他不得不面对冰冷的现实。孟浩然23岁隐居湖北鹿门山，曾向唐玄宗求官不得，晚年退居故乡襄阳，以布衣终身。但那份未竟的政治理想如影随形，成为他生命中难以割舍的一部分。

诗歌中的张丞相，即当时的宰相张九龄，也正是他想要求官投赠之人。我们如何理解他积极干谒和隐居避世的强烈反差呢？孟浩然出身书香门第，儒家“学而优则仕”的家国天下责任感始终激励着他积极入世，为社稷民生效力。加之他所生活的盛唐时代具备实现个人价值的社会政治环境，孟浩然渴慕做官，实现读书人“平天下”的终极人生理想是人之常情。唐朝科举取士是从政的重要途径，但孟浩然自从科举落第之后，便想绕过科举求取功名这条道路，通过他人的举荐，干谒公卿名流出人头地。当孟浩然面对烟波浩渺、景色壮丽的洞庭湖时，他的心境如何呢？

诗歌首句“八月湖水平，涵虚混太清”，诗人选取了一个特定的时令——八月，此时洞庭湖水涨溢，与湖岸相平，形成一片浩渺无际的水面。这种景象既体现了诗人对大自然敏锐的观察力，又展示了诗人高超的艺术表现力。同时，诗人还巧妙地运用了“涵虚混太清”的描绘，将湖水与天空融为一体，形成了一种天地相连、水天一色的视觉效果，使得诗歌的意象更加宏大且富有想象力。

“气蒸云梦泽，波撼岳阳城。”接下来，诗人以夸张的手法描绘了洞庭湖的磅礴气势。云梦泽这片古老的大湖，洞庭湖只是其南部的一角，却已足够震撼人心。波涛汹涌，仿佛要摇撼整个岳阳城，这不仅是对自然景观的描绘，更是诗人内心激情的抒发。他渴望像这洞庭湖一样，能够掀起波澜，震撼世人，从而实现自己的政治抱负。

然而，现实却是残酷的。“欲济无舟楫，端居耻圣明。”诗人笔锋一转，将内心的苦闷与无奈展露无遗。他想要渡过这浩渺的湖水，却苦于没有舟楫；他渴望在盛世中有所作为，却只能闲居家中。在如此太平盛世，自己却辜负大好年华，这两句是诗歌的高潮部分。这种理想与现实的巨大反差让诗人倍感羞愧和痛苦。他羡慕那些能够垂钓江湖、悠然自得的人，因为他们至少有选择的权利，而自己仿佛被命运牢牢束缚，无法挣脱。

“坐观垂钓者，徒有羡鱼情。”诗的结尾，诗人以羡慕的语气表达了对那些能够自由选择的人的向往。然而，这羡慕背后隐藏着深深的无奈和悲哀，字里行间充满不平之气。他知道自己无法像他们一样超脱，因为内心深处那份对家国天下的责任感让他无法真正放下对仕途的追求。

整首诗气势磅礴，笔力雄健，既展现了洞庭湖的壮丽景色，又深刻揭示了诗人内心的复杂情感。它将自然景观与政治理想完美融合，既体现了孟浩然对自然的热爱和向往，又反映了他对仕途的渴望和无奈。这首诗之所以能够流传千古，不仅仅是因为它高超的艺术成就，更是因为它真实反映了那个时代知识分子的普遍心态和命运抉择。

孟浩然的一生是理想与现实交织的一生。他既渴望超脱世俗，归隐山林，又无法割舍对家国天下的深深责任感。这种矛盾与挣扎在他的诗歌中得到了淋漓尽致的体现。《望洞庭湖赠张丞相》便是这样一首充满诗意与哲思的佳作，它让我们在欣赏美景的同时，也感受到了诗人内心的波澜与追求。

雨中登岳阳楼望君山（其一）

［唐］黄庭坚

投荒万死鬓毛斑，生出瞿塘滟滪关。
未到江南先一笑，岳阳楼上对君山。

黄庭坚（1045—1105），字鲁直，世称黄山谷，北宋著名文学家、书法家，江西诗派开山之祖，洪州分宁（今江西省九江市修水县）人。黄庭坚是“苏门四学士”之一，在政治上，他与老师苏轼休戚与共，后世将黄庭坚与苏轼并称为“苏黄”。然而，北宋后期党争激烈，黄庭坚也牵累其中，他一生坎坷沉浮，多次被贬，而此诗正是他被赦免后离开贬谪之地，经水路下江陵，途经岳阳时所作。这首诗构思新颖，措辞清丽，短幅中藏有多重境界，正是他擅长写景、抒情之作的匠心艺术结晶。

宋哲宗绍圣年间，新党章惇、蔡卞等执政，迫害元祐旧臣，作者于绍圣二年（1095）被责贬涪州（今重庆市涪陵区）别驾，黔州（今重庆市彭水苗族土家族自治县）安置，后又徙戎州（今四川宜宾），直到宋徽宗崇宁元年（1102）春天才被赦免出川还乡。

在返乡途中，他遭遇了连绵的阴雨，但这并未阻挡他前行的脚步。当他的船只缓缓驶过长江，经过那曾经让无数文人墨客为之倾倒的岳阳楼时，他的心中涌起了一种难以言喻的情感。

当时，黄庭坚已年近花甲，历经多年的贬谪生活，他的身心受到了极大摧残。然而，在返回途中，当他登上岳阳楼，望着眼前的君山，心中百感交集。他想到从前许多文人墨客如李白、杜甫、孟浩然等站在岳阳楼前题诗，被眼前烟波浩渺的洞庭湖美景所触动，写下自己的豪兴或怀才不遇，自己也不过是其中的沧海一粟，恍惚间，他之于历史的命运有着太多相似点。回首过去，他被贬谪至荒远之地，历经万死，两鬓已斑白。是心中充满怨怼，还是以一种超然的心态去面对？也许这正是站在岳阳楼上的黄庭坚在那一刻所思所叹的心灵轨迹。但可以想见，当他想起自己曾经险过瞿塘的滟滪关，那水流湍急、险象环生的地方，如今能活着返回已是万幸。

在这一刻，他的心情变得异常豁达。他望着君山，烟雨朦胧中的君山更显幽美。他笑了，那笑容中既有对过去的释怀，也有对未来的期待。

他心中不免诗情勃发，顿生登楼凭吊一番的兴致。于是，他以君山为引，写下了这首《雨中登岳阳楼望君山》。虽然身处逆境，多次受到打压和迫害，贬谪生活的悲怆与辛酸历历在目，但他以巍巍青山自比，政治上的沉浮早已化作天边的浮云，由此可窥见黄庭坚洒落的襟怀。

诗歌首句“投荒万死鬓毛斑，生出瞿塘滟滪关”，起笔正是他对自己被贬遭遇的直陈，笔墨既浓且哀，成为情感的触发点。被贬自然是经历九死一生，而今归来，两鬓已苍苍，生命已垂垂老矣，沧桑感扑面而来，令人悲从中来。接着，诗人回忆经过险象环生、水流湍急的长江三峡瞿塘滟滪关的情景，自己能在老迈之年活着返回已属万幸，有一种劫后余生的欣喜之情。

诗歌末两句，诗人笔锋一转：“未到江南先一笑，岳阳楼上对君山。”由抒情转入写景，以君山为描写对象。他并未沉浸在这种消极情绪中，多么难能可贵的“一笑”，以造意取胜，仿佛此前的磨难都已经化作天边的云烟，都留在了过去，诗人乐观的心态让他感到重生，豁达之情跃然纸上。诗句由“望君山”目之所及的奇丽之景激发出诗人博大的乐观豪迈胸襟，即便面对满湖风雨，那往日的宦途险阻与失意都已抛诸脑后，“一笑”真是活脱脱写出了诗人直面现实、心旷神怡的美好心情。他登上岳阳楼，远眺君山，面对洞庭湖的雄奇之景，烦闷忧虑顿时一扫而光，意兴飞扬，在大自然的怀抱中得到了解脱，心中满满的都是对生活的热爱和信心。

黄庭坚这首写景寄情的小诗以淡衬浓，幽思远致，仿佛让我们看到诗人傲然卓立的英姿，他对君山的无限神往充满了别具一格的阳光味道。晚年生还的黄庭坚内心欣慰之情不言而喻，向世人传递出他的旷达情怀，这种乐观豁达的情绪也深深感染了后人，耐人寻味，充满力量。

岳阳楼别窦司直

［唐］韩　愈

洞庭九州间，厥大谁与让？南汇群崖水，北注何奔放。
潴为七百里，吞纳各殊状。自古澄不清，环混无归向。
炎风日搜搅，幽怪多冗长。轩然大波起，宇宙隘而妨。
巍峨拔嵩华，腾踔较健壮。声音一何宏，轰輵车万两。
犹疑帝轩辕，张乐就空旷。蛟螭露笋簴，缟练吹组帐。
鬼神非人世，节奏颇跌踼。阳施见夸丽，阴闭感凄怆。
朝过宜春口，极北缺堤障。夜缆巴陵洲，丛芮才可傍。

星河尽涵泳，俯仰迷下上。余澜怒不已，喧聒鸣瓮盎。
明登岳阳楼，辉焕朝日亮。飞廉戢其威，清晏息纤纩。
泓澄湛凝绿，物影巧相况。江豚时出戏，惊波忽荡漾。
时当冬之孟，隙窍缩寒涨。前临指近岸，侧坐眇难望。
涤濯神魂醒，幽怀舒以畅。主人孩童旧，握手乍忻怅。
怜我窜逐归，相见得无恙。开筵交履舄，烂漫倒家酿。
杯行无留停，高柱送清唱。中盘进橙栗，投掷倾脯酱。
欢穷悲心生，婉娈不能忘。念昔始读书，志欲干霸王。
屠龙破千金，为艺亦云亢。爱才不择行，触事得谗谤。
前年出官由，此祸最无妄。公卿采虚名，擢拜识天仗。
奸猜畏弹射，斥逐恣欺诳。新恩移府庭，逼侧厕诸将。
于嗟苦驽缓，但惧失宜当。追思南渡时，鱼腹甘所葬。
严程迫风帆，劈箭入高浪。颠沈在须臾，忠鲠谁复谅。
生还真可喜，克己自惩创。庶从今日后，粗识得与丧。
事多改前好，趣有获新尚。誓耕十亩田，不取万乘相。
细君知蚕织，稚子已能饷。行当挂其冠，生死君一访。

韩愈（768—824），字退之，河南河阳（今河南省孟州市）人，因其郡望在昌黎，故世称“韩昌黎”。他大力倡导古文运动，其散文被列为“唐宋八大家”之首，与柳宗元并称“韩柳”。他主张“以文为诗”，作诗力求新奇，且多议论。

韩愈与岳阳曾两度结缘，一是贞元九年（803），被贬谪阳山。对于贬谪的具体原因，官方没有任何解释，成为韩愈心中沉重的阴影，即“阳山心结”。春寒料峭，韩愈与张署同行离开长安南行，贬谪之路，洞庭之畔，遥思屈原，写下七绝《湘中》（汨罗），怀念被流放的诗人屈原。

二是唐永贞元年（805）十月，朝廷大赦，韩愈量移为江陵府法曹参军。在赴任途经岳阳时，他与窦庠会面长谈，谈话内容证实了他此前的怀疑，从而解开了他郁积两年的“阳山心结”。他作五言长诗《岳阳楼别窦司直》，记述登楼览景、感谢窦庠款待之事，于离开时赠予窦庠。彼时，刘禹锡亦在岳阳，二人同登高楼，共话沧桑，对贬谪之苦心有灵犀，愤懑无奈之情如出一辙。

全诗凡四十六韵，共九十二句。可分两段，前段写景，描绘洞庭之景；后段叙事，叙述当时之事，前后相互照应，自成章法，自有妙处，古来文士多有品评。窦庠、刘禹锡等亦曾作诗和之。沈德潜《唐诗别裁集》曰：“前两段阳开阴阖，入司直后，见忠直被谤，而以追思南渡数语挽转前半，笔力矫然。”

此诗题作“岳阳楼别窦司直”，从字面来看，应该是韩愈离开岳阳时在岳阳楼与窦司直话别之作。但诗中有“明登岳阳楼”之语，可见此时尚未登岳阳楼。此诗的具体创作时间不在登岳阳楼的当日，而是在登岳阳楼的前一日。此首长诗体现了韩愈雄厚博大的独特诗风，表现了他雄健的笔力。

开篇之际，韩愈以雄浑之笔勾勒洞庭之浩瀚：“洞庭九州间，厥大谁与让？南汇群崖水，北注何奔放。”不仅字里行间透露出诗人对大自然的敬畏，亦奠定了全诗的壮阔基调。继而细腻描绘，洞庭之千变万化尽收眼底：“潴为七百里，吞纳各殊状。自古澄不清，环混无归向。”既展现了洞庭之磅礴气势，又隐喻了诗人内心复杂的情感，悲愤交织，难以言喻。

诗的中段，韩愈情感渐趋深沉。岳阳楼之壮丽触发人生之感慨：“阳施见夸丽，阴闭感凄怆。”在这里，诗人以岳阳楼的景色为媒介，抒发了自己内心的哀怨与苦闷。同时，他也表达了与友人相聚的欢乐：“主人孩童旧，握手乍忻怅。”这样的情感表达使得整首诗更加真挚动人。

至诗之尾声，韩愈情感豁然开朗，转向积极乐观。回顾往昔之艰辛，展望未来之希望，充满坚定与信心：“生还真可喜，克己自惩创。庶从今日后，粗识得与丧。”此中“生还真可喜”既为自身之劫后余生庆幸，亦流露出对未来之憧憬与渴望。而“誓耕十亩田，不取万乘相”之语似乎又表明了自己隐逸之志，不愿追求权位与名利，不与世俗同流合污的高洁品质。

整首诗作，韩愈以深厚的文学功底描绘洞庭湖之壮美，抒发人生之感慨，展现乐观之精神。其情感真挚而深沉，笔触细腻而生动，章法自然而严谨，实为韩愈诗歌之瑰宝。读此诗，不仅令人感受到诗人的博大胸怀与深邃思想，更能领略到岳阳楼与洞庭湖的绝美风光与深厚文化底蕴。韩愈与窦司直之别情亦因此诗而永载史册，成为千古佳话。

始安郡还都与张湘州登巴陵城楼作

［南北朝］颜延之

江汉分楚望，衡巫奠南服。三湘沦洞庭，七泽蔼荆牧。
经途延旧轨，登闉访川陆。水国周地险，河山信重复。
却倚云梦林，前瞻京台囿。清氛霁岳阳，曾晖薄澜澳。
凄矣自远风，伤哉千里目。万古陈往还，百代劳起伏。
存没竟何人，炯介在明淑。请从上世人，归来艺桑竹。

颜延之（384—456），字延年，琅琊临沂（今属山东省）人。南朝刘宋文学家，南朝宋文坛领袖人物，“元嘉三大家”之一。颜延之诗歌词采华美，用典繁复，与谢灵运并称为“颜谢”，又与谢灵运、鲍照被称为南朝“元嘉三大家”。颜延之的文学成就主要在辞赋及散文创作方面，他曾官至金紫光禄大夫，创作了大量游宴、朝会等歌功颂德的诗作，因此也被称为庙堂诗人。

《始安郡还都与张湘州登巴陵城楼作》是一首写景抒怀的诗作，据说是最早描写岳阳楼的古诗词，创作于作者从始安郡返回都城，与友人张湘州一同登上巴陵城楼之时。洞庭湖由于独特的地理位置、险恶的自然环境、壮美的自然风光，历来是文人墨客吟咏抒怀的地方，洞庭湖文学蔚为大观，颜延之无疑为之添上了最初的那瑰丽一笔。颜延之的诗歌以词采华美、用典繁复著称，而此诗则在其艺术风格上既有继承，又有突破，堪称其创作生涯中的一颗璀璨明珠。

开篇“江汉分楚望，衡巫奠南服”，诗人以宏大的地理视角切入，将长江、汉水的浩渺与衡山、巫山的巍峨并置，勾勒出一幅壮阔的南方风景画卷。江汉之流不仅分割了楚地的疆域，更孕育了璀璨的楚文化；衡巫之山如镇守南方的巨人，稳固着这片土地。此两句不仅展现了自然界的雄浑，也寓含了文化的深远与厚重，为全诗奠定了高远的基调。

“三湘沦洞庭，七泽蔼荆牧。”这两句诗进一步描绘了洞庭湖和荆州的景色。“三湘”指秦灭楚时，湖南境域内楚之三郡洞庭郡（湘中）、黔中郡（湘西）和苍梧郡（湘南），它们的水汇入洞庭湖，形成了壮丽的湖光山色。“七泽”则指的是荆州地区的七个湖泊，这些湖泊星罗棋布，蔼蔼然一片水乡景色。通过这些描绘，我们可以清晰地感受到南方水乡的美丽与宁静。

随着“经途延旧轨，登闉访川陆”，诗人的笔触转向了个人的旅途经历。沿着古人的足迹，他登上了巴陵城楼，俯瞰这片既熟悉又陌生的土地。语调轻快、闲适，诗人放开怀抱，乐享洞庭湖山水。在他的笔下，水国的地势险要、河山的重重叠叠化为了一幅流动的风景画，既展现了自然的鬼斧神工，也透露出诗人对过往岁月的追溯与感慨。

在诗歌的中间部分，“却倚云梦林，前瞻京台囿。清氛霁岳阳，曾晖薄澜澳”。诗人以云梦林和京台囿为背景，进一步描绘了巴陵城楼的景色。在夕阳余晖的映照下，雨后初霁的岳阳楼展现出人间值得留住的美好。这些细致的自然景色描摹正是诗人积极热忱的生命力与悠游自在的精神意境的展现。

诗歌的后半部分，诗人的情感开始转向深沉与感慨：“凄矣自远风，伤哉千里目。万古陈往还，百代劳起伏。存没竟何人，炯介在明淑。”远风带来了凄凉的气息，当一切都将消逝，不免令人感到凄清冷落。历史长河中的人们来来往往，百代劳碌不息。诗人不禁自问：究竟谁能超越生死，留下永恒？或许答案就在那些拥有光明磊落之德、温婉贤淑之行的人身上。

然而，诗人的情感并未停留于眼前美景，而是进一步深入到对历史的沉思与对人生的感悟。“凄矣自远风，伤哉千里目。”远风带来的不仅有凉意，更有对过往岁月的无限哀愁。站在这高楼之上，远眺千里，诗人不禁感叹历史的沧桑与人生的无常。“万古陈往还，百代劳起伏。”在历史长河中，人来人往，朝代更迭，无数英雄豪杰、平凡百姓都在其中留下了自己的足迹，但最终又归于尘土，唯有那些高尚品德与美好事物如同明灯一般，照亮了历史的长夜。

最后，“请从上世人，归来蓺桑竹”。诗人以一种超脱的姿态呼吁人们回归自然，追求简朴而宁静的生活。蓺桑竹不仅是对农耕生活的向往，更是对心灵归宿的追求；不仅是对纷扰尘世的逃离，更是对内在精神世界的坚守。

岳阳楼早霁南楼

［唐］张　说

山水佳新霁，南楼玩初旭。夜来枝半红，雨后洲全绿。
四运相终始，万形纷代续。适临青草湖，再变黄莺曲。
地穴穿东武，江流下西蜀。歌闻枉渚邅，舞见长沙促。
心阻意徒驰，神和生自足。白发悲上春，知常谢先欲。

张说（667—730），字道济，一字说之，原籍范阳（今河北涿州市）。张说一生历仕四朝，前后三次官至宰相。

张说的仕途并非一帆风顺，尤其在唐玄宗开元初年，因不愿卷入宫廷斗争，他选择坚守原则，却也因此遭到贬谪。先是被贬为尚书左丞，后虽拜中书令，封燕国公，姚崇拜相后，他被贬为相州刺史，开元四年（716），又被贬为岳州刺史。贬岳州刺史是张说遭遇的第二次外放。对于一位曾经位极人臣的政治家而言，这无疑是一次重大打击。然而，正是在岳州的这三年里，张说的心灵得到了前所未有的洗涤与滋养。他不再被烦琐的政务所累，而是有了更多时间去亲近自然，在洞庭湖的山水中，其精神状态得到了极大放松。公事闲暇之余，他与友人泛洞庭，游君山，登岳阳楼，览洞庭湖、君山等地，创作了数量众多关于岳州的诗歌，如《与赵冬曦尹懋子均登南楼》《送岳兴李十从军桂州》《岳州守岁》《和尹懋秋夜游灉湖》等风格清新、感情真实质朴的流连山水之作。

张说对岳州的一山一水充满了浓烈的情感，《岳阳楼早霁南楼》便在这样的背景下应运而生。它既是诗人对自然美景的赞美，也是对自己仕途坎坷的感慨。这首写景抒情之作表达了诗人渴望回到帝都一番作为而不得的凄清孤寂之情，贬谪之臣的苦闷之感尽在诗歌的字里行间。

这首诗描绘了岳阳楼雨后初晴的美景，并通过景色变化来抒发诗人的内心情感。诗歌开头“山水佳新霁，南楼玩初旭”为全诗奠定了清新明快的基调。诗人以岳阳楼为观察点，捕捉到雨后初晴时分的自然美景，并将这份美好与南楼初升的旭日相结合，构成了一幅生动的画卷。接下来的“夜来枝半红，雨后洲全绿”两句进一步描绘了雨后景色的变化，通过对比的手法，突出了自然之美和生命力之旺盛，令人赞叹不已。

“适临青草湖，再变黄莺曲。”青草湖的美景和黄莺的婉转歌声相互映衬，构成了一幅宁静而美丽的临湖画面。然而，这美好的景象背后却隐藏着诗人对仕途坎坷的无奈与感慨。这些美好事物似乎在提醒着诗人，他曾经的辉煌与现在的落寞。接下来，“地穴穿东武，江流下西蜀。”诗人以地理的变迁来暗示历史的沧桑和人生的无常。地穴和江流一方面展示了自然的伟力和生命的坚韧；另一方面暗示了人生的起伏和变迁。

“歌闻枉渚邅，舞见长沙促。”在这里，诗人通过听觉和视觉的描写，进一步渲染了诗歌的氛围。歌声和舞蹈既是对自然美景的赞美，也是对人生欢乐的追求。然而，“枉渚”“长沙”等意象又透露出诗人谪居他乡的惆怅和无奈。

“心阻意徒驰，神和生自足。白发悲上春，知常谢先欲。”诗人回归平静的内心，表达了对未来的期待和自信。张说是一位志存高远的政治家，即使被贬荒远之地，身处逆境，他强烈的功业心也从未改变。然而，现实是残酷的，一时半会儿他根本不可能重返京城，此刻，或许期待着贬谪生涯的结束正是他内心最美好的夙愿。

张说在仕途的波折中，找到了与自然对话的契机，将满腔情感倾注笔端，留下了这首充满情感张力与艺术魅力的诗篇。诗歌的意境深远，情感丰富，既有对自然美景的赞美，又有对人生无常的感慨，展示了诗人深厚的文学功底和敏锐的人生洞察力。

陪族叔刑部侍郎晔及中书贾舍人至游洞庭（其五）

［唐］李　白

帝子潇湘去不还，空馀秋草洞庭间。
淡扫明湖开玉镜，丹青画出是君山。

李白（701—762），字太白，号青莲居士，又号“谪仙人”，被后人誉为“诗仙”，与杜甫并称“大李杜”。李白是屈原之后我国最杰出的浪漫主义诗人，将浪漫主义诗歌推向高峰，对后代诗人影响深远。有《李太白集》传世，诗作中多以醉时写的，其诗作在《全唐诗》收录于161—185卷。代表作有《望庐山瀑布》《行路难》《蜀道难》《将进酒》《早发白帝城》等。

《陪族叔刑部侍郎晔及中书贾舍人至游洞庭五首（其五）》是诗仙李白在乾元二年（759）秋天创作的一首七绝诗。

乾元二年是李白生命中的一个重要转折点。在此之前，他因安史之乱被牵连而流放夜郎，途中虽遇赦免，但身心受到重创，心境依然苦闷。在从江夏（今湖北武汉市）漫游至岳州（今湖南岳阳）期间，李白与刑部侍郎李晔及中书舍人贾至相聚，较长时间的逗留，三人相约同游洞庭湖，一场意外的相聚不仅为他的生活带来了温暖，更激发了他内心深处的诗意，于是，《陪族叔刑部侍郎晔及中书贾舍人至游洞庭》系列诗作应运而生，其中第五首尤为动人。这首诗可以看作李白在经历了一段时间的困苦流放之后，沉重的心情逐渐平复，面对洞庭美景不禁兴致大增，与友人唱和，落笔成诗。

乾元二年，虽然安史之乱已接近尾声，但唐王朝如一位历经沧桑的老者，正从昔日的辉煌中逐渐步入衰败。国家亟须恢复与重建，而李白这位才华横溢、胸怀天下的诗人，却因一场政治风波而被无辜卷入，流放夜郎是他政治生命中的一次巨大打击，此种心境在他的许多诗歌中都有体现。然而，即便身处逆境，李白对国家的忠贞不渝、对政治理想的执着追求从未有过丝毫动摇。他的心中始终燃烧着对大唐未来的希望之火，期待着有朝一日能够重新施展自己的抱负，为大唐的复兴贡献自己的力量。

在这样的情境下，李白与李晔、贾至的相遇无疑是一次命运的恩赐。三位文人雅士在洞庭湖畔共赏秋色，畅谈人生，这份难得的友谊与心灵的共鸣让李白暂时忘却了过往的伤痛，找到了心灵的慰藉。洞庭湖的壮丽景色如同一剂疗伤的良药，抚慰着他疲惫的心灵。在这里，他看到了自然之美，感受到了友情的温暖，更重要的是，他找到了继续前行的力量。在这首诗中，他借用娥皇、女英的美丽传说，表达了对朝廷的期待和对长安的眷念之情。同时，他通过描绘洞庭湖的空灵、明净之美，寄寓了自己超脱世俗、追求自由的高远境界。

在这首诗中，李白以帝子、秋草、明湖、君山等意象构成了一幅美丽的洞庭秋景图。其中，“帝子潇湘去不还”借用了娥皇、女英的传说，不仅表达了对古代美好事物的追忆和怀念，也是对李白个人经历的隐喻。他如同那远去的帝子，虽然历经坎坷，但心中那份对理想的追求从未改变。“空余秋草洞庭间”既描绘了洞庭湖畔秋草的萧瑟景象，又暗含了诗人内心的凄凉与孤独。然而，这份凄凉之中，却因友人的陪伴而增添了几分温暖与希望。虽然为逐臣，但李白深信自己的才干与抱负自有用武之地。“淡扫明湖开玉镜”以明湖为镜，形象地描绘了洞庭湖的清澈和明净，暗喻了诗人经历政治打击后，心情由阴转晴，徜徉山水之间，烦闷都随流水远去。“丹青画出是君山”则以丹青画出君山，既是对君山美景的赞美，也传递出他与友人在一起的欢乐时光，表达了自己对友情的珍视和对生活的热爱。

李白的一生既是坎坷多舛的一生，也是诗意盎然的一生。结合李白的生平经历来看，安史之乱后，他生逢乱世，不仅个人仕途受挫，也目睹了天下苍生处于水深火热之中的苦难生活，李白希望大唐帝国重振昔日雄风，他还能有机会施展平生的满腔抱负，遇赦之后，流放时的悲哀与绝望取代了他对朝廷的热情和幻想，体现在诗歌创作风格中，虽然有叙说冤屈之情，但整体格调依然积极明朗，心境也渐趋平和，尤其在友人的陪伴下，他重燃生活的希望与力量。这首诗不仅是李白个人情感的抒发，更是他那个时代文人精神风貌的缩影。无论身处何种境遇，只要心中有光，就能照亮前行的路；只要心中有诗，就能让生命绽放出最绚烂的光彩。

酬李侍御登岳阳见寄

[唐] 刘长卿

想见孤舟去，无由此路寻。
暮帆遥在眼，春色独何心。
绿水潇湘阔，青山鄠杜深。
谁当北风至，为尔一开襟。

刘长卿（737—786），字文房，世称刘随州，京兆长安人，中唐著名诗人。刘长卿的少年时代是在嵩山的清幽书声中度过的，那里不仅滋养了他的文学才华，也铸就了他坚韧不拔的性格。然而，对他而言，科举之路却是一次充满荆棘的漫长旅程，他多次不幸落榜，终于在玄宗天宝八载（749），一举登进士第，入朝为官。曾任随州刺史，贞元初（约785），又由左司郎中出为随州刺史，故世称“刘随州”。其诗风自成一格，颇得后世好评，有《刘随州诗集》。

然而，刘长卿的仕途并非坦途，其一生充满了波折与坎坷。他多次因冤屈被贬，仕途的起起伏伏如同他笔下的山川河流，时而平静，时而汹涌。但正是这些经历，让他的诗歌更加深沉而富有内涵。他的诗作以五七言近体为主，尤其五言诗，更是达到了炉火纯青的地步，他自诩为“五言长城”，其诗歌风格清空流畅，视野开阔，尤其中年以后，随着入世阅历的加深，他的诗作更多地反映了社会矛盾和人民疾苦，情感真挚，意境深远。

《酬李侍御登岳阳见寄》便是刘长卿在仕途沉浮中对友情的一种深情回应。这首诗是刘长卿为酬答友人李侍御而作，诗中不仅展现了岳阳壮丽的自然风光，更寄托了诗人对友人的深切思念和真挚情谊。

从诗歌内容来看，李侍御是刘长卿的友人，刘长卿收到诗后，为了表达感激之情和回应友人的思念，写下了这首《酬李侍御登岳阳见寄》，生动描绘了对岳阳壮丽自然风光的热爱，寄托了诗人对友人的思念和祝福。

首联“想见孤舟去，无由此路寻”，刘长卿以“孤舟”和“无由”两个词勾勒出一幅相隔千里、无法相见的画面。这里的“孤舟”不仅象征着友人的远行，也暗喻了诗人自己漂泊不定的仕途。而“无由”则表达了诗人对无法与友人相见的无奈和遗憾。这两句诗简短而有力，如同一声悠长的叹息，穿越了时空的阻隔，直抵人心。

“暮帆遥在眼，春色独何心。”颔联写诗人看到远处友人的帆影，心中五味杂陈。这里的“暮帆”和“春色”形成了鲜明对比，一方面展现了时间的流逝和景物的变幻；另一方面表达了诗人内心的矛盾和挣扎。然而，在这美景之中，诗人却发出了“独何心”的感慨。这里的“独何心”不仅是对美景无人共赏的遗憾，也是对友人不在身边的深深思念。刘长卿以景抒情，将个人的哀愁消融在无边广阔的洞庭山水之中，在这里，自然风景起到了反衬诗人哀愁之效，并且让人感受到了诗人那份超脱世俗的旷达胸襟。

颈联“绿水潇湘阔，青山鄂杜深”，诗人将笔触转向了岳阳的壮丽山水。潇湘的绿水辽阔无垠，鄂山、杜山幽深莫测，诗人用“绿水”“潇湘”“青山”等意象，具体、真切、自然感人。诗人笔下的这些景物栩栩如生，仿佛就在读者眼前。潇湘的绿水多么辽阔，鄂山、杜山多么幽深，然而纵然春光烂漫，又有什么心情来欣赏呢？

尾联“谁当北风至，为尔一开襟”将诗人对友人的思念和祝福推向了高潮。北风是寒冷的象征，但在这里，它却成了传递友情的使者。诗人希望当北风吹来的时候，友人能够感受到自己的思念和关怀。而“为尔一开襟”则是一种温暖的邀请，仿佛在说：“当你感受到北风的寒意时，请想起我，我会为你敞开胸襟，给予你温暖和力量。”这份深情厚谊如同冬日里的一缕阳光，温暖而感人。

《酬李侍御登岳阳见寄》不仅是对友情的一种深情回应，也是刘长卿在仕途沉浮中的一种心灵寄托。刘长卿的诗歌如同他的人生，充满了波折与起伏。但正是这些波折与起伏，让他的诗歌更加深沉而富有内涵。他不同于盛唐诗人，他的诗歌更多是表现纯粹的自我和对个体的关注。他的诗歌中既有对自然美景的赞美，也有对人生哲理的思考；既有对友情的珍视，也有仕途受挫的孤独与无奈，这已能让我们领略到他超脱世俗、旷达豁达的胸襟。这些情感交织在一起，构成了他独特的艺术风格，让我们看到了一个真实而深情的刘长卿，一个用诗歌记录人生、抒发情感的诗人。

西亭春望

［唐］贾　至

日长风暖柳青青，北雁归飞入窅冥。
岳阳城上闻吹笛，能使春心满洞庭。

贾至（718—772），字幼邻，河南洛阳人，中唐诗人，礼部尚书贾曾之子。开元二十三年（735），进士及第，授单父县尉，后任中书舍人，知制诰。撰写传位册文后，贬岳州司马，在此期间与李白相遇，有诗酬唱。

贾至以文著称，其诗风格如其文，典雅华瞻，高华工整。他的诗文作品被收录在《全唐诗》中，共有四十六首，编为一卷。此外，他还有文集三十卷传世，但大部分已佚失。其代表作包括《早朝大明宫呈两省僚友》《春思二首》《西亭春望》等。贾至的诗作受到当时及后世文人的高度评价，杜甫曾称其诗“雄笔映千古”。

安史之乱后，贾至随唐玄宗逃亡蜀地，经历了人生的大起大落，从中书舍人的荣耀跌落到岳州司马的落寞。这一转折不仅是他仕途的拐点，也是其文学创作的转折点。在盛唐及其以前的政治结构中，中书舍人属于“清要”之职，虽然官品不高，但负责替皇帝起草诏令，因此贾至在当时是较有影响力的文人。他比李白小十七岁，比杜甫小七岁，成名较早，并且在岳州与李白相遇是在安史之乱期间（并非开元初年），从其主要创作活动和风格来看，应算作中唐诗人。

在远离京城的岳州，贾至与岳阳楼、洞庭湖结下了不解之缘，留下许多关于岳阳的诗歌。这些作品继承了屈原的贬谪主题，如同洞庭的波光，闪烁着贬谪文人的苦涩与坚韧的光芒。在此期间，他与李白相遇，两位文学巨匠的邂逅不仅留下了诗酒风流的佳话，更在相互的酬唱中，深化了对生命、自然与仕途的感悟。“尝以事谪守巴陵，与李白相遇，日酣杯酒”，李白以“洛阳才子谪湘川”赞之，既是对贾至文学才华的肯定，也是对其命运的同情与共鸣。

贾至与岳阳的诗歌故事是一段心灵的流放与自我救赎之旅。这些诗歌基本作于他在岳州时期，《西亭春望》便是其中一首佳作。贾至并未直接描绘岳阳楼的雄伟，而是巧妙地以春日景致为背景，通过描绘日长风暖、柳色青青、北雁南飞等自然景象，展现了春天的生机与活力，同时以清新脱俗的意境展现了诗人复杂微妙的内心世界。日长风暖，既是春天的温暖，也是诗人对往昔美好时光的怀念；柳色青青，既是眼前之景，也暗含着离愁别绪的悠长；北雁归飞，既是季节的更迭，也是诗人对归京无望的深深叹息。“入窅冥”三个字更是将这份无奈与失落推向极致，仿佛诗人的心也随着那远去的雁阵消失在了无边的天际。

诗人站在西亭之上，远眺洞庭湖，耳闻岳阳楼上的笛声，心中涌起一种难以言表的情感。这笛声穿越洞庭的浩渺，直抵诗人的心灵深处，让他的“春心”——那包含了对贬谪的忧愁、对春天的向往、对亲友的思念以及对未来的期待等复杂情感，如潮水般汹涌澎湃。这里的“春心”并非单指对春天的情感，更多的是诗人内心深处贬谪的忧思。然而，正是在这份深沉的忧郁之中，贾至展现了他作为文人的旷达与坚韧。笛声悠扬，触动诗人的心弦，使他的情感如同洞庭湖水一般汹涌澎湃。辽阔的洞庭春景使得诗歌的意境更加深远，“笛声”也暗示了诗人对故乡的思念。

诗歌《西亭春望》语调清新自然，意境高远深邃，它不仅是一幅春天的风景画，更是一首心灵的赞歌。贾至在贬谪的逆境中，虽然不能完全做到超然物外，但并未将得失萦绕于怀，亦未沉沦。他在疲惫之余梳理纷乱的心境，以一种超然物外的姿态审视着自己的内心世界与外在的自然景观，同时仍然保留了对早日回归朝廷的希冀。他通过诗歌，将个人的遭遇与自然的美景相融合，展现了一种既忧伤又豁达，既现实又超脱的人生态度。这种态度不仅体现在他对春天的热爱、对故乡的思念，更体现在他对未来抱有的希望与梦想。

题岳阳楼

［唐］白居易

岳阳城下水漫漫，独上危楼凭曲阑。
春岸绿时连梦泽，夕波红处近长安。
猿攀树立啼何苦，雁点湖飞渡亦难。
此地唯堪画图障，华堂张与贵人看。

白居易（772—846），字乐天，自号香山居士、醉吟先生，是唐代著名文学家、诗人和政治家。白居易的诗歌理论和创作实践对中国古典诗歌的发展产生了深远影响，他所倡导的新乐府运动推动了唐代诗歌的现实主义创作潮流，对后世诗人如元稹、张籍、王建等产生了重要影响。

元和十年（815），因宰相武元衡被刺杀事件，白居易率先向朝廷请求严惩凶手，权贵们怒其越职，政敌还为白居易编造了“母亲看花坠井而亡，仍写赏花诗”的罪名。最终他被贬为江州（今江西九江）司马。对他而言，这段贬谪生涯既是心灵的磨砺，也是诗情的催化。四年后，虽然升迁为忠州（今重庆忠县）刺史，但恶劣自然环境和艰苦的生活条件依然令人望而生畏。他赴任途经岳阳，登岳阳楼，凭栏远眺，感慨万千，写下《题岳阳楼》以咏其志，表达对权贵的怨愤，感慨被贬岁月的辛酸与无奈。

白居易的《题岳阳楼》是一首寓情于景、物我交融的佳作。此诗写于诗人几经贬谪之后，面对浩渺的洞庭湖，直观而细腻地描绘了岳阳开阔、生动、和谐的湖光山色，洞庭湖春涨之时远连云梦，西近长安，因而登楼更有楼高倚危之感，抒发了诗人内心的幽怨之情与对重返京城任职的期待。

首句“岳阳城下水漫漫”，诗人开门见山，淋漓尽致地描绘了岳阳城下江水的浩渺无际。这里的“水漫漫”既是对洞庭湖水势的生动写照，也隐喻了诗人内心的无尽愁绪，充满了漂泊流离之感。诗人“独上危楼凭曲阑”，独自一人登上高楼，倚着栏杆眺望远方。这里的“独”字不仅凸显了诗人的孤独与寂寞，也表达了他对京城的深深眷恋。他眺望的不仅仅是眼前的洞庭湖，更是心中的长安城。此情此景令人感慨万千。

“春岸绿时连梦泽，夕波红处近长安。”春天，两岸的绿色与洞庭湖的水色相接，傍晚的彩霞与湖水中的红波交相辉映。诗人巧妙地运用了色彩的对比与交融，将洞庭湖优美无边的春景尽情展现在读者眼前。这里借用了东晋明帝司马绍“日远长安近”的典故，暗指自己对京城的向往与思念，从侧面说明诗人流寓他乡日久，不禁触目添愁，这种寓情于景的手法使得诗人的情感更加深沉而含蓄，寄托了诗人对人间沧桑巨变和宦海浊风恶浪的深切感受。

“猿攀树立啼何苦，雁点湖飞渡亦难”两句转而描绘了洞庭湖畔猿啼与雁飞的景象。猿猴攀着树枝啼叫，声音凄苦；大雁在空中飞翔，想要横渡这浩渺的湖面却十分艰难。这里的“猿啼”与“雁渡”不仅是对自然景色的生动描绘，更是诗人内心愤懑的真实写照，猿猴的啼叫如同诗人的哀怨与苦楚，大雁的艰难飞翔则象征着诗人漂泊流离的生活及政治环境的险恶，或许回到长安都充满了艰难险阻。

诗歌最后两句“此地唯堪画图障，华堂张与贵人看”。诗人感叹洞庭湖这个地方的景色壮阔美丽，却只能被画成图画，供那些远离民间疾苦的“贵人”欣赏。言外之意，那些久居长安的贵人从来没有受过颠沛流离之苦，也无法体会到猿啼雁飞的凄凉悲苦之情，诗人以一种超脱而又略带讽刺的口吻表达了对眼前美景的无奈与惋惜之情。这里的“贵人”既是实指，也是对那些无法理解诗人内心世界之人的泛指。白居易借此表达了对现实社会的不满和对贵人们的怨愤。诗人通过这种对比，进一步强化了自己的孤独与寂寞感，以及对那些无法与自己产生共鸣者的无奈与讽刺。

白居易的《题岳阳楼》不仅是一首描绘自然美景的诗篇，更是他人生转折点上的一次心灵独白，既是对未来希望的憧憬，也是对过往岁月的深刻反思。令人欣慰的是，命运并未完全抛弃这位才华横溢的诗人。三年后，白居易任忠州刺史期间，因其文学才华与政绩，被朝廷召回，任命为司门员外郎，主要负责掌管天下诸门及关津之政令，而非诏书草拟工作。这一任命不仅实现了他“近长安”的愿望，更是对他坚持正义、勇于直言精神的肯定。

岳阳楼

[唐]元　稹

岳阳楼上日衔窗，影到深潭赤玉幢。
怅望残春万般意，满棂湖水入西江。

元稹（779—831），字微之，今河南省洛阳市人，中唐著名诗人，与白居易并称为“元白”，同为新乐府运动的倡导者。元稹出身书香门第，天资聪颖，15岁参加科举考试便榜上有名。他非常推崇杜诗，其诗学杜而能变杜，于平浅明快中呈现丽绝华美，色彩浓烈，铺叙曲折，细节刻画真切动人，比兴手法富于情趣。他所创作的新乐府诗歌多取材现实，在一定程度上反映了民生疾苦，诗歌风格与白居易相近，都具有语浅情深的特点。其实，除了诗歌成就能够相提并论外，元稹与白居易还是十分要好的朋友。803年，24岁的元稹与比他大八岁的白居易同登书判拔萃科。二人一起进入秘书省任校书郎，志趣相投，成为挚交。

元稹因才华出众，性格豪爽，不为朝廷所容，流放荆蛮近十年。此诗大约是作者于元和九年（814）去往潭州（今湖南长沙）途中所作。当时正值元稹接连遭贬，此次至岳阳楼却是作为潭守的从事侍宴陪游而来，心中颇有失意之慨，因而作此诗。

首句写红日斜照楼窗，这本是常见景象。然而诗人这里的“日衔窗”运用了拟人手法，将太阳描绘成一个害羞的少女，轻轻地吻着窗户。这一细腻描绘不仅展现了诗人对自然景物的敏锐观察，使得整个画面充满了生机与活力，更营造出一种宁静而温馨的氛围。太阳的光辉洒在岳阳楼上，仿佛为这座古老的建筑披上了一层金色的外衣，使其显得更加庄严而辉煌。

次句“影到深潭赤玉幢”，诗人巧妙地运用了倒影的意象，将岳阳楼的影子倒映在深潭之中，形成了一幅美丽的画面。深潭的宁静与岳阳楼的繁华形成了鲜明对比，进一步突出了岳阳楼的雄伟与壮观。诗人巧妙地运用了倒影的意象，将岳阳楼的影子倒映在深潭之中。这里的“赤玉幢”或许暗含着《柳毅传》中龙女故事的影子，使得这句诗更加富有神秘与浪漫色彩。其作者李朝威恰与元稹同时，说不定这是最早涉及龙女故事的一首诗，其新颖独到之处不言而喻。

第三句“怅望残春万般意”，诗人笔锋一转，由景及情，表达了自己在残春时节的怅然情怀。这里的“怅望”二字既表达了诗人对逝去时光的惋惜与不舍，亦有人生失意之叹。而“万般意”则既有对人生的思考，也有对世事的感慨，可谓醉翁之意不在登楼观景。岳州自古是贬谪文人的汇聚之地，也是他们去往更远南方的必经之地，元稹途经岳州亦能引发失意的情感共鸣。

末句“满棂湖水入西江”，不说通过窗子向外眺望一碧万顷的洞庭湖水，而是说湖水溢出窗户并流向长江的景象，诗人以景结情，通过巧妙的描绘融入了自己的主观感受。这里的“满棂湖水”既是对岳阳楼周围景色的生动描绘，也暗喻了诗人内心的波澜与激荡。而“入西江”则象征着诗人情感的归宿与流向，既表现了他对故乡的眷恋与思念，也将无法排遣的怅惘愁思表达得含蓄婉转。

纵观元稹一生，他始终怀抱“兼济天下”之志，从踏上仕途开始，就为实现“济天下”之理想而奔走。但中唐时期，政治环境极为复杂，虽然元稹一心报国，但也难以摆脱政治斗争的旋涡，因此数度被贬，仕途生涯颠沛流离。然而，世人对元稹更为熟悉的也许是他的诗人身份，正如这首诗歌《岳阳楼》，它不仅让我们领略到他卓越的文学才华和独特的艺术风格，更可以感受到他深沉的情感世界和丰富的人生体验。他的诗歌如同一面镜子，映照出了那个时代文人的悲欢离合和人生百态。

夏夜登南楼

[唐] 贾 岛

水岸寒楼带月跻，夏林初见岳阳溪。
一点新萤报秋信，不知何处是菩提。

贾岛（779—843），名岛，字浪仙，亦作阆仙，自号“碣石山人”，唐代河北道涿州范阳县（今北京市房山区）人。他一生穷愁困顿，以苦吟作诗闻名，诗风以“幽奇寒僻”著称，被尊为“诗奴”。其《题李凝幽居》中“鸟宿池边树，僧敲月下门”的佳句衍生出“推敲”一词，生动诠释了他对诗歌语言的精心锤炼。

虽然这位生于乱世的才子一生穷愁潦倒，却以诗为伴，以笔为剑，抒发对世界的独特感悟。他的诗多描绘荒凉枯寂之境，擅长五律，注重词句锤炼，与孟郊齐名，后人以“郊寒岛瘦”喻其诗风之苦寒。但在这苦寒之中蕴含着诗人对生命的谛听、对万事万物的体察，以及对宇宙无尽的探索与追问。

贾岛早年出家为僧，法号无本，这段僧侣生涯让他对生命有了更深的体悟。据说，当时洛阳法令禁止和尚午后外出，贾岛曾作诗发牢骚，却因此被韩愈发现才华并得到赏识。在韩愈的劝说下，他还俗参加科举，然而仕途坎坷，累举不中，后来只做过一些小官。唐开成五年（840），61岁的贾岛迁居普州（今四川省安岳县），担任司仓参军。政务之余，他常前往岳阳镇（普州县衙所在地）的南楼，读书作诗，寻找心灵慰藉。

正是在某年夏天的一个夜晚，贾岛登上岳阳河畔的南楼，写下脍炙人口的《夏夜登南楼》。此诗写景抒情，题材常见，写法却不落俗套，如一幅静谧神秘的画卷缓缓展开，风格清新自然。“水岸寒楼带月跻，夏林初见岳阳溪”，贾岛以寒楼、水岸、月和夏林等元素勾勒出清冷高远的夏夜景象。在月光的映照下，水岸边的寒楼显得格外清冷孤寂，宛如孤独的守望者，诉说着岁月沧桑；而夏林初见岳阳溪则展现了夏夜的自然之美，潺潺溪水如生命源泉，不仅滋养着土地，也滋养着诗人心田。

最引人入胜的是“一点新萤报秋信”的描写。新萤出现预示秋天到来，这一细节不仅展示季节更迭，更暗示生命的短暂与易逝。贾岛以萤火虫为引，将对自然的观察引向更深层次。那点点荧光似生命微光，在黑暗中挣扎，报送着秋天将至的信息，这不仅是贾岛对自然生命的描绘，更是他对生命易逝的无奈叹惋，寄寓着他独特的生命体验。

“不知何处是菩提”，菩提本是佛教圣物，象征觉悟与智慧。但在茫茫宇宙中，何处才是真正的菩提？贾岛似乎在告诉我们，生命的意义、宇宙的奥秘并非易寻。而正是这份探求与追问，让他的诗作充满深沉的哲学思考，也让我们在品读时感受到他对生命、宇宙的敬畏与尊重。

晚唐时期，江河日下，国事日非，处处显露末世光景。贾岛的登楼诗歌既完全没有盛唐李白的雄阔气势，也无中唐杜甫的忧国忧民。虽然许多诗人想积极入世，却因现实坎坷而难以实现人生理想，只好将对生命的热爱之情袒露于诗歌中。他们极力避开现实题材，从社会民生转向自然和乡村，用对自然的眷恋表达对尘世的厌弃，用对隐逸的追求抚慰心灵孤寂，用楼岛湖的美景排解内心忧郁，诗作常呈现出缥缈、隐逸、惆怅的空灵感。

贾岛一生清贫，仕途坎坷，诗作常流露出对生命易逝的悲哀心境。诗人似站在画面之外，以旁观者身份追问“不知何处是菩提”，这既加入了历史意识，也加深了人生体验。他的诗如同一面镜子，不仅映照出晚唐诗人内心的迷茫与困惑，也展示了他们对自然的眷恋与对尘世的厌弃。

中秋夜南楼寄友人

［唐］李群玉

海月出银浪，湖光射高楼。
朗吟无渌酒，贱价买清秋。
气冷鱼龙寂，轮高星汉幽。
他乡此夜客，对景饯多愁。

李群玉（约808—862），字文山，唐代澧州（今湖南澧县）人，是晚唐时期重要诗人。其存世著作有《诗前集》3卷、《诗后集》5卷。

在晚唐诗坛的璀璨星河中，李群玉以独特的笔触与深邃的情感绘就了一幅幅动人的山水画卷。这位出自湖南澧县的才子自诩“宗师屈宋”，其诗歌创作深受屈原、宋玉影响，尤其宋玉的温婉哀愁在他的笔下得到全新诠释与传承。据《湖南通志·李群玉传》记载，李群玉诗才横溢、笔力遒劲。虽然生前屡试不第，但诗名远播，身后更被追赐进士及第，彰显其不凡才学。他的一生既有交游四方的洒脱，亦有仕途坎坷的无奈，更饱含对诗歌艺术的不懈追求。

李群玉一生交游广泛，足迹遍及河南、河北、陕西及大江南北，与齐己、胡曾并列为“唐代湖南三诗人”。其诗作被《全唐诗》收录近三百首，其中山水诗占比颇高。他的诗风妍丽遒健，极具艺术感染力，深受时人喜爱。李群玉的山水诗具有鲜明的楚地地域特色，多吟咏湖南风光，文辞艳丽且个性鲜明，常借山水之景抒发仕途坎坷的不平、怀才不遇的悲愤。唐末周朴在《吊李群玉》中写道：“群玉诗名冠李唐，投诗换得校书郎。吟魂醉魄知何处，空有幽兰隔岸香。”此诗既是对李群玉诗才的高度赞誉，也流露出对其坎坷命运的惋惜。

《中秋夜南楼寄友人》是李群玉的代表作之一。全诗以景抒情，借中秋之夜的景象抒发仕途失意的愤懑与羁旅思乡之情。

诗歌以中秋夜景为背景，通过海月、湖光、鱼龙、星汉等意象，构建出宁静深邃的画面。“海月出银浪，湖光射高楼”生动展现了月升海上、湖光映楼的壮丽景象，尽显自然之浩渺。

首联“海月出银浪，湖光射高楼”，诗人以雄浑壮阔之笔开篇，展现宏大的中秋夜景图。其中，“海月出银浪”描绘明月从海面缓缓升起，皎洁月光洒在翻涌的海浪上，银白浪花与月色交融，如同被月光浸染的银色绸带在海面舒展飘舞，极具动态美感。“湖光射高楼”聚焦湖面，月光倾洒，波光粼粼，反射光芒直抵高楼。“射”字极具力度，既写出湖光明亮耀眼，又营造出光影交错的神秘氛围，为全诗奠定了雄浑而略带神秘的基调。这种壮阔自然景象描写既展现诗人对自然之美的敏锐捕捉，也暗含其内心对广阔天地的向往，与仕途失意的处境形成鲜明对比。

颔联“朗吟无渌酒，贱价买清秋”，笔锋由景入情，展现了诗人的孤独与无奈。“朗吟”可见诗人面对美景诗兴大发，欲以诗歌抒发胸臆。然而，“无渌酒”打破雅兴，美酒本是文人吟诗助兴之物，此刻缺失更添寂寥。诗人以“贱价”“买清秋”，“买”字将无形清秋赋予物质属性，实则诗人并非真的购买秋天，而是试图以欣赏清秋美景慰藉内心孤独与愁绪。但清秋虽美，无法真正消解愁绪，“贱价”暗含自嘲，凸显诗人异乡漂泊的无奈与凄凉。

颈联“气冷鱼龙寂，轮高星汉幽”，诗人深化情感，融入对宇宙人生的思考。表面写秋气寒冷，鱼龙沉寂，明月高悬，星河幽远，实则借景抒情、托物言志。“鱼龙寂”象征万物秋寒蛰伏，暗喻诗人现实困境与无奈，如同鱼龙沉入海底难以施展抱负。“轮高星汉幽”展现宇宙浩瀚神秘，诗人孤身一人，中秋无法与亲人团聚，漂泊异乡的孤独感被放大。面对浩瀚宇宙，个人命运渺小，这种对比深化诗歌的情感内涵，赋予其深邃的哲思意味，引发读者对人生、命运的思考。

尾联“他乡此夜客，对景饯多愁”，诗人直抒胸臆。“他乡此夜客”点明其异乡客居的处境，中秋团圆夜，孤独感尤为强烈。“对景饯多愁”表明诗人面对中秋美景，非但不愉悦，反而更忧愁。“多愁”包含诗人对仕途不顺的无奈愤懑——李群玉一生渴望建功立业，却屡试不第，抱负无处施展；对亲人朋友的深深思念——中秋本是团圆佳节，他却孤身一人；对人生无常的感慨——在时光流逝中，理想与现实的差距让他感到迷茫无助。多种复杂情绪相互交织，化作诗人内心深沉的吟唱，充满浓重的个人哀愁。同时，诗人将情感与景融为一体，达到情景交融的艺术境界，给读者留下深刻印象。

岳阳楼（其一）

［唐］李商隐

欲为平生一散愁，洞庭湖上岳阳楼。
可怜万里堪乘兴，枉是蛟龙解覆舟。

李商隐（约813—约858），字义山，号玉谿生，又号樊南生，晚唐著名诗人。他与杜牧合称“小李杜”，与温庭筠合称“温李”，因诗文与同时期的段成式、温庭筠风格相近，且三人都在家族里排行第十六，故并称为“三十六体”，其文学成就可见一斑。

李商隐幼年丧父，随母还乡，过着清贫的生活。十六岁时，因擅长古文而知名，其诗各体俱有佳作，尤以五、七言律诗成就为高，诗歌构思缜密，风格秾丽，用典繁复，尤其一些爱情诗和无题诗写得缠绵悱恻，曲折细微地表现深厚情感，他的诗歌道出了世人心中有却难以下笔的一种情怀，而这种情怀恰恰是中国人心中独有的一种悲天悯人的情怀，充满了温暖的感伤之情，但他的部分诗歌过于隐晦迷离，难以索解，故有“诗家总爱西昆好，独恨无人作郑笺”之说。他因处于“牛李党争”的夹缝之中，一生很不得志。

《岳阳楼》这首诗约作于唐宣宗大中元年（847）。当时，诗人由桂林北上来到岳阳楼，南出长江进入洞庭前，驻足岳州（今岳阳）登岳阳楼，因多次迁谪，慨叹仕途不顺，抚今追古，旅途抒怀，写下了这首诗。这一年，李商隐由桂林北上，途经岳州（今湖南岳阳），登上了闻名遐迩的岳阳楼。自古以来，岳阳楼这座矗立于洞庭湖畔的千古名楼便是文人墨客吟诗作赋、抒发情怀的胜地。对于李商隐而言，这次登临不仅是一次身体上的迁徙，更是一次心灵上的寻觅与慰藉。他带着一身的疲惫与愁绪，希望在这浩瀚的洞庭湖畔找到一丝心灵的慰藉。在洞庭湖旁岳阳楼上，本想为一生散尽愁绪，可惜只能勉强趁着兴致行走万里，这是一件多么悲哀的事情。蛟龙本是兴云覆雨引洪者，在此却只能掀覆行舟作感怀。一、二两句是倒装。三、四言万里赴桂可为乘兴而来，可惜长路风波，即便蛟龙覆舟也是徒然，故凄痛含蓄。

从首句“欲为平生一散愁”可以看出，李商隐希望通过登上岳阳楼来消解心中的郁结之愁。李商隐一生仕途坎坷，多次遭受政治打压，“牛党”令狐楚欣赏他的文才，后入“李党”泾原节度使王茂元幕，不久娶王女为妻，从此陷入“牛李党争”的旋涡，他的内心充满了苦闷和无奈。不知当他站在岳阳楼上，俯瞰洞庭湖的壮丽景色时，心中的愁绪是否得到了暂时的缓解。

“洞庭湖上岳阳楼”这句诗不仅点明了诗人所处的地理位置，还巧妙地引出了下文。岳阳楼位于洞庭湖畔，是中国古代著名的风景名胜之一。它不仅是观赏洞庭湖美景的绝佳之地，更是历代文人墨客抒发情感的场所。李商隐之所以选择在这里散愁，既是为了欣赏美景，也是为了借景抒怀。

“可怜万里堪乘兴，枉是蛟龙解覆舟。”这两句诗是李商隐对时局的伤痛与感慨。“乘兴”二字透露出诗人虽历经磨难，但仍不失对生活的热爱与向往。然而，“枉是蛟龙解覆舟”一句却将这种乐观情绪瞬间击碎。蛟龙本为水中霸主，象征着力量与权威，但在这里只能眼睁睁地看着船只倾覆，无力回天。他慨叹虽然自己有着远大的抱负和才华，就像蛟龙虽然能够在水中自由游弋，却无法改变覆舟的命运。这种悲哀是时代的悲哀，是抱负不得施展的压抑与无奈。唐代晚期，政治腐败，民不聊生，文人的生存环境十分恶劣。李商隐作为其中的一员，自然对当时的社会现实有着深刻洞察。人生若梦，成功与失败，得意与失意，到头来总是说不清到底是偶然还是必然。古往今来，怀才不遇，政治上苦闷失意的又岂只有李商隐一人？

绝 句

［唐］吕 岩

朝游北越暮苍梧，袖里青蛇胆气粗。
三入岳阳人不识，朗吟飞过洞庭湖。

吕岩，生卒年不详，字洞宾，唐末五代著名道士，号纯阳子，自称回道人，世称吕祖或纯阳祖师，为民间神话故事“八仙”之一。吕洞宾作为唐末五代的传说人物，其诗作多为后人托名所作。此诗风格近于宋明文人的游仙诗，或为道教徒或文人借吕洞宾之名抒发胸臆，而非真实的洞宾手迹。但这一争议并未减损其文化价值，反而体现了“八仙”形象在历代传播中的动态建构过程。

在我国民间的神仙传说中，吕洞宾的知名度最高，他的形象跨越了历史与神话的界限，成为世人心中不朽的仙人典范。干春松在《神仙传》中指出：“在众多神仙真人中，在民间风头最劲，影响最大的当非八仙莫属……在八仙中最为著名，传说最多的要算吕洞宾。”恰如其分地揭示了吕洞宾在民间信仰中的独特地位。相传他本为唐末文士，河中府蒲坂县（今山西永济市西）人，唐德宗时湖南按察使吕渭之孙，海州刺史吕让之子，其生平事迹与诗歌作品皆被赋予了浓厚的神秘与传奇色彩，让人心生向往，探寻不已。

另外，又有为唐宗室、江西人、京兆（长安）人等说法。据传，他曾于唐懿宗咸通年间应进士试，不第，遂归隐华山，遇道士钟离权，随其修炼，终得道成仙，常与宋初著名道士陈抟往来。由此可见，他原是现实生活中真实存在的普通文人，后来被民间传说奉为仙人，他的生平事迹与诗歌作品都充满了神秘与传奇色彩。他的诗歌，尤其《绝句》，不仅展现了他深厚的文学造诣，更反映了他的人生哲学和修行体悟。在这首《绝句》中，吕洞宾通过描绘自己云游四方的壮丽图景，展示内心的勇气和胆识，表达超脱尘世的豁达态度，以及朗吟飞过洞庭湖的壮丽景象，向我们展示了一个神通广大、修为深厚、境界高超的仙人形象。

首句“朝游北越暮苍梧”，吕洞宾以极为简练的笔触勾勒出了自己一日之内跨越千山万水的壮丽图景。北越与苍梧分别代表了中国的南北两端，吕洞宾以此象征自己游历四方的广阔天地。在道教哲学中，宇宙是一个无限循环、永恒不变的存在，而人生则如同过客，短暂而渺小。吕洞宾通过描绘自己的游历，表达了对人生无常的深刻认识。

次句“袖里青蛇胆气粗”，吕洞宾以“青蛇”为喻，形容自己内心的勇气和胆识。在道教文化中，青蛇常象征着智慧和灵性，吕洞宾将其置于袖中，寓意着内心那份随时可激发的勇气与智慧。这种胆气既是他个人修行成果的体现，也是对道教修行理念的生动诠释。在道教看来，真正的修行者须拥有一颗坚定不移的心，无论面对何种困境，都能保持冷静与勇敢，吕洞宾正是这一理念的完美践行者。

“三入岳阳人不识”，吕洞宾以岳阳楼为背景，描绘了自己醉酒后的状态。岳阳楼是中国古代著名的文化地标之一，吕洞宾之所以选择在这里醉酒，不仅是为了享受片刻的欢愉，更是为了与天地自然融为一体，感受宇宙的浩渺和生命的短暂。他“三醉”之后，人们已经认不出他来，这种境界的描绘既展示了吕洞宾超脱尘世的豁达态度，也反映了他对人生如梦、万事皆空的深刻体悟。在道教哲学中，人生如同一场大梦，名利荣华都是过眼云烟，唯有内心的修为和精神的超脱才是永恒不变的。吕洞宾通过描绘自己的醉酒状态，表达了对这种人生哲学的认同和追求。

末句“朗吟飞过洞庭湖”，吕洞宾以朗吟之声，伴随着自己飞过洞庭湖的壮丽景象，为整首诗画上了完美的句号。洞庭湖是中国古代文学中常见的意象之一，它象征着广阔无垠的天地和深邃无尽的人生。吕洞宾之所以在这里朗吟诗句，不仅是为了抒发内心的豪情壮志，更是为了与天地共鸣，与宇宙对话。这种境界的描绘既展示了吕洞宾超凡脱俗的修行境界，又传达了他对道教哲学和人生哲理的深刻见解和追求。

寄岳州李外郎远

［唐］温庭筠

含莘不语坐持颐，天远楼高宋玉悲。
湖上残棋人散后，岳阳微雨鸟来迟。
早梅犹得回歌扇，春水还应理钓丝。
独有袁宏正憔悴，一樽惆怅落花时。

温庭筠（约812—约870），字飞卿，晚唐著名词人，花间词派创始人。出身没落贵族家庭，为唐初宰相温彦博后裔。少年时代优渥的家庭环境使得他从小便饱读诗书，善为辞章，在晚唐文坛名声大噪，留下了浓墨重彩的一笔。他填词颇丰，《花间集》卷首标明温庭筠的词作共有六十六首；除此之外，还有《菩萨蛮》（玉纤弹处珍珠落）一首、《新添声杨柳枝》二首和《玉楼春》一首散见于其他著作。温庭筠在词的发展史上具有承前启后的重要地位，他革新了中唐的词调体式，确立了词体的规范体系，创造了大量的词调格律，为词体的发展与演进做出了巨大贡献。他的诗作往往情感细腻，意象流丽动荡，语言华美，被誉为花间派的代表人物。

《寄岳州李外郎远》这首诗作为温庭筠的代表作之一，是温庭筠寄给远在岳州的好友李员外的，表达了诗人对远方朋友的思念之情。

首先，从题目和首句“含苹不语坐持颐”可以看出，诗中描绘了一位女子默默含愁、不语独坐的形象，她的神态和动作透露出深深的哀愁和思念。这种情感与温庭筠与好友分别后的心情相契合，他借女子之口表达了自己对远方友人的深切思念和无尽惆怅。

“天远楼高宋玉悲”，温庭筠巧妙地运用典故，以宋玉自喻，感叹自己与友人相隔遥远，凝望远天，楼高入云，难以相见，让人感到一种深邃的孤寂和思索。这种情感与诗中的女子形象相互呼应，形成了一种婉约而深沉的意境。

“湖上残棋人散后，岳阳微雨鸟来迟”，诗人以细腻的笔触描绘了一幅凄美动人的画面。湖上棋局已散，棋友各自离去，只留下蒙蒙细雨中的岳阳城和归巢迟缓的鸟儿。这些景象相互交织，如同一首忧伤的乐曲，缓缓奏响在诗人心头。它们不仅表现了时间的流逝和人事的变迁，更烘托出诗人内心的哀愁和惆怅，增强了诗中的离情之感。在这幅画面中，我们仿佛看到了诗人孤独的身影，他站在湖边，望着远去的友人，心中充满了无尽的思念和惆怅。

然而，温庭筠并未完全沉沦于哀愁之中。他笔锋一转，“早梅犹得回歌扇，春水还应理钓丝”，梅花在寒冬中傲然绽放，仿佛还能回荡着昔日的欢声笑语；而春水则顺应自然，悠然自得地流淌着，仿佛在诉说着未来的美好。这些景象如同诗人对友人的美好期许与祝愿，希望他能够像梅花一样坚韧不拔，像春水一样悠然自得，无论身处何地，都能保持一颗乐观向上的心。这种情感的转变既体现了诗人的豁达与乐观，也让我们看到了友情的力量，它能够穿越时空的阻隔，温暖着每一个孤独的心灵。

“独有袁宏正憔悴，一樽惆怅落花时”，在诗的结尾处，温庭筠再次点明了自己对友人的思念之情。他将自己比作东晋文学家袁宏，形容自己因为思念友人而变得憔悴不堪。同时，诗中的“落花时”既是对季节的描绘，也是对时光流逝的感慨，进一步加深了诗人的孤独寂寞之感。我们仿佛看到了诗人孤独的身影，他站在落花纷飞的小径上，手中握着酒杯，眼中闪烁着泪光，心中充满了对友人的思念和渴望早日团聚的心绪。

总体来说，这首诗以岳阳楼为背景，情感深沉，意境优美，通过对景物、时间和人物的描写，表达了诗人对远方朋友的深切思念和无尽惆怅。此外，诗中的丰富意象和细腻情感也展现了温庭筠作为花间派代表人物的独特艺术魅力。今天读来，这首诗依然能够触动人心，让我们感受到友情和思念的永恒之美。

岳阳楼晚望

[唐]崔　珏

乾坤千里水云间，钓艇如萍去复还。
楼上北风斜卷席，湖中西日倒衔山。
怀沙有恨骚人往，鼓瑟无声帝子闲。
何事黄昏尚凝睇，数行烟树接荆蛮。

崔珏（585—648或649），河北人，唐贞观年间登进士第。他被荐入朝，任秘书省校书郎，后迁任侍御史。彼时的唐朝文坛百花齐放，崔珏在诗歌创作中博采众长，其作品深受齐梁体绮丽文风、杜甫沉郁顿挫的诗风及李商隐朦胧唯美的诗风影响，修辞丰富，善于运用对仗、比喻、夸张、想象、互文、用典等手法，语言精妙绝伦，在唐代诗坛独树一帜。

关于崔珏，流传最广的故事当属“崔珏断虎”。相传唐代贞观年间（627—649），长子地区虎患成灾，山里的老虎经常下山吃人，当地百姓苦不堪言，却无力扑杀。县令崔珏到任后，亲自勘察地形，研究老虎的活动规律，组织村民和猎户上山捕虎。他凭借过人的智慧和果敢的决策，制订周密的捕虎计划，由于指挥得当，很快消除了虎患。当地百姓对崔珏极为敬仰，尊其为神灵，称他为“崔府君”。“府君”正是对地方长官的尊称，这一称呼饱含着当地百姓对崔珏的感激与爱戴。

崔珏在任期间为官清廉，兢兢业业，为当地百姓谋取了诸多福利。他重视民生，兴修水利，鼓励农桑，让百姓生活逐渐富足。在神话传说中，崔珏曾“昼理阳事”“夜断阴府”（见《列仙全传》）。他死后被玉皇大帝封为磁州（今河北磁县）土地神，并逐渐演变为山西东南部和河北南部等地的地域性神祇，当地百姓为他建祠祭祀。至今，在长治市的长子县、晋城市的陵川县，以及吕梁的交城县、河北的磁县等地依然保留着为其立庙祭祀的传统。每逢祭祀之日，百姓们载歌载舞，献上祭品，祈求崔府君保佑一方平安。

《岳阳楼晚望》是一首脍炙人口的诗作，以深邃的意境、华美的语言和丰富的情感抒发了诗人对自然、历史和人生的感慨。此诗创作于崔珏宦游途中，彼时他远离家乡，仕途坎坷，在登临岳阳楼时，触景生情，将满腔心绪倾注笔端。首联“乾坤千里水云间，钓艇如萍去复还”，诗人以壮阔的笔触勾勒出岳阳楼所处的地理环境。其中，“乾坤千里”展现了天地间的辽阔无垠，“水云间”描绘出湖光山色的美景。“钓艇如萍去复还”通过对湖上垂钓小舟的生动描写，将诗人化身为无名渔夫，驾着一叶扁舟，流露出超脱之情，传达出诗人对自由生活的向往。

颔联“楼上北风斜卷席，湖中西日倒衔山”对仗工整，形成鲜明的视听效果。其中“北风斜卷席”形象地表现了楼上风势的强劲，同时暗示诗人内心的激荡与不安，将看似闲旷实则内在不平之情表达得十分明显。虽然诗人有避尘远俗的品性，但现实的宦海风波常令其内心充满隐忧，为后文隐逸情怀的抒发做了铺垫。

颈联“怀沙有恨骚人往，鼓瑟无声帝子闲”，诗人运用屈原悲愤投江自尽的典故，吊古伤今，表达对政治纷争和权力斗争的厌恶，寄寓了对家国命运的深切忧虑。“鼓瑟无声帝子闲”通过描绘帝子鼓瑟的场景，诗人以天帝传说为依托，将其视为自我画像，借此表达内心清高绝俗之念，或许不入红尘只是内心偶尔闪现的念头。

尾联“何事黄昏尚凝睇，数行烟树接荆蛮”，诗人以黄昏美景收束全诗，语言华美，韵律和谐。登楼远眺、无语凝噎是文人士大夫悲秋伤春的常见主题。黄昏日落时分极易勾起思亲思乡之情，更何况是异乡漂泊之人。在薄暮冥冥、如烟似雾的氛围中，清冷迷离之感油然而生，诗人感慨尽在言外，至此，全诗戛然而止。以吟咏山水之胜来自洽，诗人不追求功名富贵、向往回归大自然悠闲自适的心境在这首诗中体现得淋漓尽致。诗人因羁旅漂泊而有所感怀，眼前美好山河连接远处朦胧之树，宁静悠远之意留待读者自行体会。

岳阳楼

［唐］江　为

倚楼高望极，展转念前途。
晚叶红残楚，秋江碧入吴。
云中来雁急，天末去帆孤。
明月谁同我，悠悠上帝都。

江为，生卒年不详，约公元950年前后在世，五代时建州人，诗人。初游庐山白鹿洞，师事处士陈贶。酷好诗句，学诗20余年，孤清自守，有风雅清丽之态，《全唐诗》存诗8首。其诗歌题材涵括离别、赠答、行旅、咏物等，将真挚感人的各种情怀与优美雄奇的自然山水相融合，引起读者共鸣。

江为的一生既是诗与远方的交织，也是理想与现实的碰撞。在南唐李璟时期，他曾赴金陵参加进士考试，却因不喜辞赋策论而屡试不第。这份挫折无疑加深了他内心的苦闷与迷茫。然而，江为并未因此放弃，而是选择继续前行，甚至与人谋划投奔吴越，虽然最终失败被杀，但他的诗歌如同不灭的灯火，照亮了后人的心灵。

关于江为诗歌获赏一事，存在两种说法：一说南唐后主南迁，见其题白鹿寺诗，曰："此人大是富贵家"；另一说乃中主李璟见其题白鹿寺之"吟登萧寺旃檀阁，醉倚王家玳瑁筵"一句而称善久之。

岳阳楼这座屹立于洞庭湖畔的千古名楼，往来行舟，商贾文人络绎不绝，自古以来便是骚人墨客争相吟咏的对象。诗人们吟咏行途中四时不同的湖光山色之美，抒发身世沉浮之感、仕途多舛之叹，千百年来，攫取了无数读者的心。江为的《岳阳楼》正是这样一首融情于景的佳作，诗风清新淡雅，意境空灵高远，如洞庭湖水边明月悠悠，让人回味无穷。

在《岳阳楼》首句"倚楼高望极，展转念前途"中，诗人以岳阳楼为起点，通过“倚楼高望”这一动作，从正面描摹登楼的情景。诗人咏景而不囿于景，既表达了登高望远的豪情壮志——面对洞庭湖，视野开阔，可极目远眺，又开篇直言心志“念前途”。晚唐五代初期，门阀制度渐趋衰落，更多的寒门士子有机会登上政治舞台，读书人也迎来了新的政治格局，诗人江为正处于这样一个过渡时代。诗中“望极”二字展现了诗人内心渴望建功立业的热望，但“展转念前途”又表现出诗人对前途的些许担忧，情绪中夹杂着丝丝忧虑，暗含迷惘之感，交织着一种错综复杂的感情。

“晚叶红残楚”和“秋江碧入吴”两句以鲜明的色彩对比，展现了洞庭湖畔的壮美景色。红叶残落象征着岁月的无情，江水东流则寓意着人生的无常与漂泊。同时，这两句诗也暗含了诗人对故乡的思念和对时光无情流逝的淡淡伤感。“云中来雁急”和“天末去帆孤”两句，通过对雁阵和孤帆常见意象的描述（常用来象征离别和相思之情），暗合了诗人的羁旅愁思。大雁南飞预示着季节的更迭，也触动了诗人对远方亲人的思念，孤帆远去则映射出诗人在仕途路上的孤独与徘徊。大雁匆匆南飞，孤帆远影渐行渐远，这些景象都触动了诗人内心的孤独感和对未来的迷茫。人间最难舍的是“别情”，这里的“急”和“孤”二字点明了一别再会难期，打动人心，感染读者。

最后两句“明月谁同我，悠悠上帝都”，明月高悬，孤独地照亮着诗人的心灵，诗人不禁感慨：在这漫漫人生路上，谁能与我同行？从主观心情来看，那皎洁的明月充满了柔情与诗意。诗人对明月的倾诉既表达了孤独而坚定的信念和无奈，也寄托了对未来的美好期待。这种期待与前面的孤独和迷茫形成了鲜明对比，使得整首诗的情感更加饱满和丰富。这里的“悠悠”二字充满了无尽的时空感，面对宇宙洪荒，个体生命的渺小顷刻毕现，然而最后诗人以“上帝都”作为结语，摒弃了小我的伤怀，充满了对前路的豁达乐观，相信自己会尽快回到帝都施展自己的才华和抱负。

虽然这一首写景抒情之作谈不上具有深刻的社会意义，但写景抒情生动形象，字字天然，让我们看到了江为对仕途的渴望、对故乡的思念、对未来的迷茫以及对理想的执着追求。他的诗歌如同一面镜子，不仅映照出那个时代士人的普遍心态，也让我们感受到了诗歌跨越时空的魅力。

送韩渎殿院出守岳阳

[宋] 范仲淹

仕宦自飘然，君恩岂欲偏。
才归剑门道，忽上洞庭船。
坠絮伤春目，春涛废夜眠。
岳阳楼上月，清赏浩无边。

范仲淹（989—1052），字希文，祖籍邠州，后移居吴县（今属江苏苏州）。他是北宋时期的政治家、文学家、军事家和教育家，世称“范文正公”。

范仲淹出身寒门，两岁丧父，生活贫困。他随母亲改嫁至山东淄州长山县河南村，后在继父朱文翰任职地——洞庭湖畔安乡县接受了六年启蒙教育。范仲淹从小慨然有志于天下，刻苦励学，对儒家经典有着浓厚兴趣，度过了备尝艰辛的少年时代。他在长山醴泉寺读书期间，每天熬一锅粥，待冷凝后划成四块，早晚各取两块拌咸菜吃，这就是“划粥断齑”故事的由来。在这种极其艰苦的条件下，范仲淹仍然坚持刻苦学习，大中祥符八年（1015）考中进士，走上仕途，并留下“书台夜雨”的佳话。

范仲淹身处世风守旧、积贫积弱的北宋，正是由于他拥有这种“以天下为己任”的人生信念，他历任兴化县令、秘阁校理、陈州通判、苏州知州等职，因秉公直言而屡遭贬斥。但他始终坚守自己的政治理想，致力于改革朝政弊端，在政治上，四十余年卓然而立，刚正不阿，无论进退，始终立身为公，忧国忧民。

康定元年（1040），宋夏战争爆发，范仲淹被任命为陕西经略安抚招讨副使，采取“屯田久守”的方针，巩固西北边防，对宋夏议和起到了促进作用。西北边事稍宁后，宋仁宗召范仲淹回朝，授枢密副使。后拜参知政事，庆历三年（1043）上《答手诏条陈十事》，发起“庆历新政”，推行改革。然而，由于保守势力的阻挠，最终新政失败，范仲淹也被贬出京，历知邠州、邓州、杭州、青州等地。在他的晚年时期，应好友滕子京之邀，被贬邓州的范仲淹在花洲书院写下了千古雄文《岳阳楼记》，仿佛他一生功在社稷、兼济天下的光辉写照，激励着一代又一代仁人志士。

范仲淹因童年时代便与洞庭湖结下了深厚的缘分，创作《送韩渎殿院出守岳阳》描述送别韩渎殿院出任岳阳的情景。诗歌以叙事为主，范仲淹作为终身奉儒的官员，在诗中隐约流露出内心偶尔徘徊于仕与隐的边缘。他写自己突然想回归剑门山进行道教修行，却不由自主地登上了去洞庭湖的船只。这种矛盾复杂的心境或可看作诗人历经宦海沉浮，觉宇宙之无穷的偶有感慨。

诗歌首句“仕宦自飘然，君恩岂欲偏”，可读出范仲淹对仕途复杂多变的感慨和对君恩的珍视，有种天地苍茫，衰飒零落之感，与洞庭湖滔滔湖水融为一体，显得迷蒙凄清。宦海风波虽险，但经世致用、造福于民是他执着的追求，“知其不可为而为之”的家国使命感、向圣贤靠拢的理想人格已早早确定了他的人生奋斗方向。因此，不难理解“才归剑门道，忽上洞庭船”之句，这种时空的转换使诗人内心虽充满岁月的沧桑感，但面对现实的困苦，他并未怨天尤人或悲观失望。剑门道象征着归隐山林、追求内心平静的道家修行之路，洞庭船则代表着继续投身官场、服务苍生的现实选择。范仲淹在此处的徘徊并非真正的逃避或迷茫，而是对人生价值的深刻反思与自我拷问。在经历了宦海的沉浮，见证了世态的炎凉后，他更加坚定了自己的信念——即使前路艰难，也要勇往直前，因为心中那份对家国天下的责任感是他永远无法割舍的使命。

“坠絮伤春目，春涛废夜眠”这两句进一步通过对春天景象的描绘，坠落的柳絮如同诗人心中的离愁，让人感伤。而春日的波涛汹涌则让人难以入眠，更添离别之苦和人生无常之感。但这份感伤并未将他击垮，反而激发了他对生命意义的更深层次的思考。

诗歌末句笔锋一转，“岳阳楼上月，清赏浩无边”，以岳阳楼上的明月作为结尾。岳阳楼作为历史上的名胜，其月色之美早已为人称道，诗人借此表达对友人能在如此烟波浩渺、月色无边的山川美景之地任职的祝福和美好期许。此刻，诗人心情由徘徊不定走向悠远宁静，舒卷自如，传递出诗人圆融豁达的胸襟。

岳阳楼这座历史悠久的名胜见证了无数文人墨客的悲欢离合，而此刻，在范仲淹的笔下，它成为连接过去与未来、现实与理想的桥梁。月光下的洞庭湖波光粼粼，浩渺无垠，仿佛在诉说着诗人内心的广阔与深远。在这里，范仲淹仿佛找到了心灵的归宿，所有的忧愁与烦恼都随风而去，留下的只有对美好未来的无限憧憬与期待。

临江仙·湖水连天天连水

［宋］滕宗谅

湖水连天天连水，秋来分外澄清。君山自是小蓬瀛。气蒸云梦泽，波撼岳阳城。

帝子有灵能鼓瑟，凄然依旧伤情。微闻兰芷动芳馨。曲终人不见，江上数峰青。

滕宗谅（990—1047），字子京，河南洛阳人。他与范仲淹、刘越同举进士。初授泰州军事判官，在修筑捍海堤堰时表现出色；后调任当涂、邵武知县。因受范仲淹赏识，被召入试学院，改任大理寺丞，此后多次遭贬谪。在巴陵郡任职期间，他勤政为民，推行了扩建学校、修筑防洪长堤和重修岳阳楼等举措，范仲淹在《岳阳楼记》中称其为“滕子京”。

宋仁宗庆历四年（1044）春，滕子京被贬至巴陵郡（今湖南岳阳），任岳州知州。对于这位心怀远大抱负与儒家家国情怀的官员而言，此次贬谪无疑是沉重打击。然而，滕子京并未因此消沉，反而以更饱满的热情投入地方治理与兴教办学事务，深受百姓爱戴。他的好友范仲淹应其所请撰写《岳阳楼记》，文中表达了对滕子京高尚品德的赞誉。

滕子京在岳州期间主持重修岳阳楼，此后岳阳楼逐渐享有“天下第一名楼”的美誉。这座建筑不仅是物质实体，更是文化象征，汇聚了历代贬谪文人的心血与情感，成为他们抒发忧国忧民情怀的精神圣地。滕子京本人在贬谪岳州期间，面对浩渺的洞庭湖，写下《临江仙·湖水连天天连水》。

此词创作于诗人贬谪岳州之时，描绘了秋日八百里洞庭的壮阔风光。古时潇湘洞庭长期处于未开发状态，实为历代贬谪迁客的伤心之地，李白曾写诗云“一为迁客去长沙，西望长安不见家”，贾至亦云“莫道巴陵湖水阔，长沙南畔更萧条”。这些诗句无不充满悲情色彩，但洞庭湖充满野趣、鲜为人知的雄奇壮美，如“湖水连天天连水，秋来分外澄清”的胜景，也激发了身心饱受煎熬的文人谪客对生存与生命意义的探索追问。他们将内心无尽的苦闷、失落、忧伤、徘徊之情诉诸文字，把个人荣辱与家国悲愁融入诗歌，汇入洞庭湖昼夜不息的波涛之中。

从首句“湖水连天天连水，秋来分外澄清”可见，滕子京以洞庭湖的壮丽景色开篇，展现出一幅水天一色、碧波荡漾的画卷。这一景象不仅凸显了洞庭湖的浩渺无垠，也奠定了全词宏大开阔的基调。同时，“秋来分外澄清”一句既点明季节特征，也暗示诗人心境的澄澈清明。“君山自是小蓬瀛”一句，诗人将君山比作传说中的海上仙山蓬莱、瀛洲，这一比喻不仅形象描绘了君山的秀美，也寄托了其对仙境的向往与超脱尘世的渴望。化用前人诗句是此词的特色之一，“气蒸云梦泽，波撼岳阳城”对仗工整，意境雄浑，引用孟浩然《望洞庭湖赠张丞相》原句，生动展现出湖水大气磅礴之势，笔力雄健，为词作增色不少。

在词的下阕，“帝子有灵能鼓瑟，凄然依旧伤情”两句，诗人引入湘妃鼓瑟的传说，通过这一神话故事反复渲染，营造出迷离而富有美感的意境。“曲终”二句引用唐钱起《省试湘灵鼓瑟》原句，“曲终人不见”以只闻其声不见其人的虚写手法，与“江山数峰青”展现的波澜壮阔的湖光山色形成对比，由虚转实，产生心灵与视觉交融的冲击力。诗句通俗浅近，疏朗明快。同时，以“江上数峰青”的景象收尾，不仅与前文的湖光山色相呼应，也寄寓了词人对人生无常和世事难料的感慨，形成了兼具悠远超逸与沉郁深邃的意境，令人回味无穷。

千百年过去，虽然滕子京的政治成就早已湮没于历史长河，但他主持重修的岳阳楼成就了“天下第一名楼”的美誉，更成为后世被贬潇湘、有志难伸的文人汇聚的文化圣地。他们面对浩瀚的洞庭湖，如范仲淹般生发“先天下之忧而忧”的士大夫人文精神，展现出“以一国之事，系一人之本”的博大胸怀。

滕子京的心路历程是无数贬谪文人的缩影。他们由于政治原因被贬至偏远之地，身心饱受煎熬，但也正是这样的经历，让他们得以亲近自然之美，感悟生命真谛。在滕子京等文人的笔下，洞庭湖这片曾被视为蛮荒之地的水域化作抒发忧国忧民情怀的圣地。他们不仅在此寻得心灵慰藉，也留下了不朽诗篇。

寄岳州孙屯田琳

[宋]梅尧臣

从来洞庭好，都在岳阳楼。
明月一千里，寒光三万秋。
年华有时尽，风物不知休。
太守怜予句，应如沈隐侯。

梅尧臣（1002—1060），字圣俞，宣州宣城（今安徽省宣城市宣州区）人，为宣城梅氏的代表人物之一。他生活在北宋文风鼎盛的时代，却反其道而行之，摒弃了当时流行的“晚唐体”精巧繁缛之风，推崇写实，形成了独属于他的“平淡”诗风，恬淡有致，自成一家。如“乡林空林木，不见古人居。犹寻古人迹，更与古人疏”“相看犹不足，何况是长捐”“呼童磨墨慰君意，强作安得有好辞”等传世名诗句都体现了他的诗风。梅尧臣是“作诗无古今，唯造平淡难”这一诗学理念的主要推动者，他强调“文字出肝胆”（《依韵和宴相公》），将“平淡”与“性情”联系起来，认为如此才能达到工而平、淡而熟的境界。

梅尧臣与钱惟演、欧阳修友情笃厚。经欧阳修举荐，他曾为国子监直讲，官至尚书都官员外郎，故世称“梅直讲”“梅都官”。梅尧臣与欧阳修共同发起北宋诗歌革新运动，对宋诗的发展产生了巨大影响，并称“欧梅”。梅尧臣与苏舜钦在文学上有着共同的追求和理念，他们互相切磋诗艺，同为北宋诗文革新运动的推动者，时号“苏梅”。

诗歌《寄岳州孙屯田琳》便是梅尧臣晚年时期的作品之一，是寄赠给时任岳州屯田的友人孙琳的。其题材常见，但写法不落俗套。

诗的开篇“从来洞庭好，都在岳阳楼”，梅尧臣以简洁明了的语言直接点出了洞庭湖与岳阳楼的美景，仿佛一幅壮丽的山水画卷在读者眼前缓缓展开。自古以来，洞庭湖便是文人墨客心中的圣地，其浩渺无垠、波光粼粼，与岳阳楼的巍峨挺立、古色古香相得益彰，共同构成了诗人心中难以磨灭的美好记忆。此句不仅展现了洞庭湖风光的魅力，也暗示了诗人与友人共同的美好回忆，为全诗奠定了深情而开阔的基调。

颔联“明月一千里，寒光三万秋”，诗人以夸张的手法描绘了洞庭湖月夜的壮丽景象。明月高悬，清辉洒落，千里湖面波光粼粼，仿佛穿越了万年的时光，充满了清空幽寂而雄奇的气象。无论时空如何流转，读者都能体会到诗人的真切感受。“寒光”二字点明了作者的孤独之情，由于孤独，离思倍增，心中对友人的思念之情更为曲折波澜。由此可见，作者善于勾勒点染，为下文的有情之思做铺垫。

颈联“年华有时尽，风物不知休”，诗人笔锋一转，由写景转向抒情。他感叹年华易逝，人生无常，而自然风物却永恒不变，不自觉地流露出伤感的情绪，充满了无奈之情。时光流逝与离别之久，今昔对比强烈，期盼友人的归来似乎成了一种希望渺茫的等待，渲染了一种特定的悲哀心绪与氛围。

尾联“太守怜予句，应如沈隐侯”，最后诗人以友人的身份作结，表达了对友情的珍视和对未来的期待。他相信友人一定会欣赏自己的诗句，就如同沈隐侯一样。这里的沈隐侯是指南朝梁代文学家沈约，他曾是岳州的守臣，与梅尧臣有着相似的仕途经历和文学才华。或许在无形之中，梅尧臣已将沈约当作了异代知己，此句充满了深刻的意趣。他也期待自己的才华和能力能像沈约一样，得到太守的赏识和世人的认可。

晚泊岳阳

［宋］欧阳修

卧闻岳阳城里钟，系舟岳阳城下树。
正见空江明月来，云水苍茫失江路。
夜深江月弄清辉，水上人歌月下归。
一阕声长听不尽，轻舟短楫去如飞。

欧阳修（1007—1072），字永叔，号醉翁，晚号六一居士，出生于绵州（今四川绵阳），祖籍为今江西省吉安市永丰县。他既是北宋文坛盟主，亦是杰出的政治家与史学家。

幼年丧父的欧阳修凭借着自身的聪颖好学，在母亲郑氏“画荻教子”的悉心教导下，苦学不辍。日后，他成为北宋诗文革新运动的领袖。在漫长的文学与政治生涯中，欧阳修始终以提携后进为己任，一生孜孜不倦奖掖人才。曾巩、王安石、苏洵父子等人都曾得到他的栽培或举荐，在他的助力下，这些才俊于北宋文坛大放异彩，极大促进了北宋文化的繁荣。在文学革新之路上，欧阳修接过韩愈古文革新运动的大旗，坚决反对晚唐五代颓靡的时文，大力倡导刚健、疏朗的文风，凭借卓越的文学成就，名列“唐宋八大家”和“千古文章四大家”之中。苏轼在《居士集》序中盛赞：“欧阳子，今之韩愈也。”将韩、欧二人相提并论，足见欧阳修在北宋文坛的崇高地位与深远影响。

欧阳修一生笔耕不辍，创作了大量山水诗。在这些诗作里，他巧妙地将对宦海沉浮的慨叹与对山水的深情吟啸交织融合，从而形成了平易流畅、清新自然的独特诗风。

宋仁宗景祐三年（1036），一场因支持范仲淹革新而引发的政治风波无情地将欧阳修卷入仕途的旋涡。彼时，范仲淹推行的新政触动了保守派的利益，遭到激烈反对。欧阳修挺身而出，以笔为剑，撰写《与高司谏书》，直抒胸臆，严厉斥责谏官高若讷趋炎附势、不辨是非，为范仲淹鸣不平。此举彻底激怒了权贵，他们联手打压欧阳修，最终他被贬为夷陵县令。对于胸怀大志、一心“以天下为己任”的欧阳修而言，这无疑是沉重的打击。他怀着满心的愤懑与无奈，携家人沿水路缓缓南行前往贬所。一路上，江面风涛起伏，正如他此刻的心境。当船缓缓泊于岳阳城外的洞庭湖畔时，他内心的孤独、对命运的无奈，以及种种戚戚怨嗟感怀、英雄末路的穷愁困惑一齐涌上心头，就在这九月初四的夜晚，他写下了流传千古的《晚泊岳阳》。

开篇“卧闻岳阳城里钟，系舟岳阳城下树”，诗人以岳阳城悠悠传来的钟声为引，瞬间勾勒出一幅宁静而深远的画面，营造出静谧悠远的氛围。这钟声悠悠扬扬，穿过夜色，传入诗人耳中，恰似命运的回响，既是对诗人内心世界的映照，也是对他现实境遇的隐喻。从表面上看，诗句似有隐逸者的宁静之感，然而结合诗人以身犯险、忤逆权贵的经历细品，不难听出其中蕴含的愤激之音。幽寂夜色里，钟声来自热闹的岳阳城，而诗人却系舟城下树旁，远离繁华，这种强烈对比似乎在无声地诉说着诗人被贬至闭塞小县城的伤感与孤独。

颔联“正见空江明月来，云水苍茫失江路”，诗人运用白描手法，仅用寥寥数语，便以空阔的江面、苍茫的云水和迷失的江路为背景，将情与景完美地融为一体。明月虽美，洒下银白的光辉，却无法照亮诗人前行的道路；江路漫长，蜿蜒于云水之间，诗人却不知何时才能抵达彼岸。此联语言明白如话，却意蕴深厚，生动地体现出诗人对未来的不确定和对人生多变的感慨，这种复杂情绪深深烙印在诗人的心头。此时，贬谪之愁又添新愁，而诗人要抒发的并非普通的离愁别恨，而是被贬后的无奈与失落。

然而，欧阳修并未一味沉溺于悲伤之中。随着夜色渐深，他笔下的景色也逐渐由静转动，由暗转明。“夜深江月弄清辉，水上人歌月下归”，夜深人静之时，万籁俱寂，唯有江面上洒满了月光的清辉，如银纱般轻柔。远处悠悠传来渔人的歌声，打破了夜的寂静，那质朴的歌声在水面上漂荡，为这宁静的夜晚增添了一份生机与活力。这一刻，诗人不再是独自守着悲苦，而是感受到天地间有了同行之人。这歌声恰似一股暖流，缓缓流入诗人的心房，让他在这异乡的夜晚，感受到了人间的温情和生活的美好。他的情绪也随之渐渐高昂起来，在自然与生活的美好中，试图找寻心灵的慰藉。

尾联“一阕声长听不尽，轻舟短楫去如飞”，诗人以悠长的歌声和快速离去的轻舟收尾。那渔人的歌声余音袅袅，诗人沉浸其中，听之不尽，似是从中汲取了力量。而“如飞”二字想象新奇，意境全出，生动地描绘出轻舟在江面上飞速行驶的画面，满溢着超脱与豁达的人生态度。欧阳修毕竟不同于常人，他有着豁达的胸怀与坚韧的意志，不会长久地以哀怨的态度对待挫折和不幸。同时，秀丽的山川美景也为诗人增添了不少闲适的乐趣，让他在困境中依然能发现生活的美好，保持乐观的心境。

卖花声·题岳阳楼

[宋]张舜民

木叶下君山，空水漫漫。十分斟酒敛芳颜。不是渭城西去客，休唱阳关。

醉袖抚危栏，天淡云闲。何人此路得生还？回首夕阳红尽处，应是长安。

张舜民，生卒年不详，字芸叟，邠州（今陕西彬县）人，进士及第，北宋中后期文学家，曾与王安石同朝为官，官至吏部侍郎。

张舜民性格耿介，清正廉洁。王安石变法之后，北宋政坛跌宕起伏，他一生深陷党争之中，饱尝仕途贬谪和权贵排挤之苦。北宋时期，张舜民对官场渐生厌倦之心，看淡政治上的荣辱得失，反而因正道直行的操守而声名鹊起，对当时的文人士大夫操行产生了不小影响。政和年间，朝廷追赠他为宝文阁直学士，这种迟来的表彰正是对他高洁志行的公允评价，他被奉为时人典范。

《卖花声·题岳阳楼》这首词作于元丰六年（1083），当时，张舜民被贬到郴州，途经岳阳楼时写下了这首广为流传的词。全词沉郁顿挫，虽然写洞庭湖岳阳楼壮阔无边的美景，但毕竟贬谪之路不同于游山玩水，羁旅的忐忑不安与行役的艰辛，物态人情尽在诗中，读之令人心酸而动容。

词的上片起首二句，首句“木叶下君山，空水漫漫”化用屈原《九歌·湘夫人》“袅袅兮秋风，洞庭波兮木叶下”之句而来，勾画出一幅洞庭叶落、长风万里、水雾迷蒙、长天一色的洞庭湖秋色图，是其时词人凄凉孤寂心境的写照。“十分斟酒敛芳颜”点明了此时词人正在楼内饮宴，但席间的气氛显得沉闷压抑，歌女凝神屏息地给他斟上了满满的一杯酒，敛起笑容，似是也为席间的氛围所感染。

“不是渭城西去客，休唱阳关”，此句化用了王维《送元二使安西》“渭城朝雨浥轻尘，客舍青青柳色新。劝君更尽一杯酒，西出阳关无故人”之意。这里王维写朋友之间的离别之情，充满了豁达的豪情，而如今张舜民因反对新法而被贬到郴州，人生境遇差别很大，他必须打起精神，继续南行去往蛮荒之地，内外交困的打击折磨着身心，所以他在这里不希望歌女唱《阳关曲》：“不是渭城西去客，休唱阳关。”

词的下片“醉袖抚危栏，天淡云闲”二句，词人借酒浇愁之后，不禁触景生情，感慨万分。“醉袖”以及凋残的“危栏”渲染了浓重的悲凉气氛，这在诗人心中激起重重波澜，与清冷的场景和落寞的心境相呼应。“何人此路得生还？”这一句语气直白沉重，有满目悲凉之感，道出了谪贬的狼狈之状，我们可以感受到词人内心的痛苦与绝望，他感慨自己走上这条贬谪之路，是否还有重回朝廷的机会？这种悲观情绪与上片所描绘的洞庭湖开阔清空的景象相呼应，进一步加深了词作的悲凉氛围，凄凉孤寂之感溢满全词，令人心酸。

词作以“回首夕阳红尽处，应是长安”结尾，词人采用回忆镜头的技法，再次将视线转向远方，夕阳映红了天边，那里应该就是他离开的京都汴京（开封），此处用唐朝都城“长安”代指宋朝都城汴京，与上片王维诗相契合，这是古诗中的常用手法。由眼前回到昔日过去，更衬今日离愁，表达对京都生活的眷恋与思念，诗人愁绝心伤难以排遣，更显繁复幽深意境，见凄恻之感。

张舜民今存诗256首，主要收录于《全宋诗》。他认为优秀诗歌应该“明著者，较然可见；含思者，求之愈深”，是白居易“言浅意深”平淡诗风的推崇者。值得注意的是，张舜民所提倡的“平淡”“任其自然”并非词意浅白的寡淡，而是内蕴深厚的平淡，方能产生以简驭繁的效果。张舜民诗词取材广泛，既有他作为父母官关注民生疾苦的民生见闻抒写，也有他对于政治失意的慨叹，亦有他对山川景物的陶醉留恋，这些诗词不仅是其思想状况和人生经历的生动记录，也深刻反映了广阔的社会图景。

陈廷焯在《白雨斋词话》中评此词时引麦孺博言：“声可裂石。”张舜民的词作功力可见一斑。

登岳阳楼（其一）

［宋］陈与义

洞庭之东江水西，帘旌不动夕阳迟。
登临吴蜀横分地，徙倚湖山欲暮时。
万里来游还望远，三年多难更凭危。
白头吊古风霜里，老木沧波无限悲。

陈与义（1090—1138），字去非，号简斋，今河南洛阳人，是两宋之交的杰出诗人。陈与义作诗讲究“师法自然”，他认为写诗是水到渠成的事情，主张在自然和生活中觅得诗心，然后发而为诗。元代方回在《瀛奎律髓》中称杜甫为江西诗派的“一祖”，黄庭坚、陈师道、陈与义为“三宗”。陈与义不是江西人，虽然师尊杜甫，作诗重锤炼，固然有与陈师道相似的地方，但他重意境，擅白描，与黄庭坚善用典、奇而刚的风格迥然有别，所以学界历来关于是否应将他归为“江西诗派”存有争议，未形成定论。

靖康元年（1126）至绍兴元年（1131），金兵大举入侵，诗人漂泊辗转湖湘一带。与其他贬谪文人相比，陈与义的寓湘体验较为独特，他是在“大逃亡”背景下被迫南渡，因此他对当时国家命运多舛、民生凋敝的社会现实有更加痛彻心扉的体悟。潇湘大地独特的山水自然景观与屈骚“怨愤”“忧国”的人文精神深度交融，后来被贬湖湘的贾谊、刘禹锡、王昌龄、柳宗元等士大夫文人，其文气“皆本于骚”，这些都对流寓湖湘避难的陈与义产生了潜移默化的影响。因此，陈与义在诗歌创作中既继承了屈骚传统，以豪迈高昂的笔调诉说家国情怀，又以超然圆融的达观态度观照山水，融情于景，写诗寄情，慰藉贬谪文人内心深处的愁苦与愤懑。

洞庭湖畔的岳阳楼因自古以来的地理位置和深厚的历史底蕴而备受文人墨客的青睐，承载着无数迁客骚人的身世之愁与家国忧思。陈与义寓湘期间更是三登岳阳楼，连连作诗，叹身世之悲、家国之痛。这首七律《登岳阳楼（其一）》沉郁顿挫，有杜甫遗风，在诗歌史上占有重要的一席之地，深受后人推崇。

该诗首联“洞庭之东江水西，帘旌不动夕阳迟”，洞庭湖位于岳阳楼之东，而江水则从西面流过，这种巧妙的地理位置使得岳阳楼成为一个观赏湖光山色的绝佳之地。“帘旌不动”勾勒出一个湖面风平浪静、夕阳缓缓落下的美丽画面，虽然所写为常景，但极具神韵。面对战乱频仍的政治局势，诗人内心波澜起伏的情感渐渐转化为随遇而安的超然达观心态。

颔联“登临吴蜀横分地，徙倚湖山欲暮时”，昔日岳州大地是三国时期吴蜀争雄的军事要地，而如今家国多难，百姓流离失所，诗人也辗转漂泊湖湘大地，内心凄苦，对这片土地充满了依恋和不舍之情。

颈联“万里来游还望远，三年多难更凭危”二句确是透骨之痛的肺腑情语。陈与义直接点明了三年来流寓湖湘，遍历坎坷磨难。身为人臣，国难当头，他心痛自己虽有济世之心，却报国无门，只好寄希望于朝廷重整山河，但这种无力回天的期待会不会屡次落空呢？现实总是事与愿违，这一腔离情别恨饱含了诗人的漂泊之感、离乱之痛与思乡之情，读来真挚感人，令人黯然神伤。

尾联“白头吊古风霜里，老木沧波无限悲”承接前两句而来，情感层层递进。洞庭浩渺烟波铺展在诗人眼前，可谓景愈美而情愈凄。“白头吊古”言自身白发苍苍，年近老迈，“风霜里”则更添一层难以消解的愁苦，“老木沧波”疏淡之余，余味不尽，一种苍凉悲壮的氛围弥漫在水声山色之中。此情此景，此时此地又勾起他对世事沧桑的慨叹，涌动着浓浓的情感波澜，闪烁着吊古伤今的哲思，真情实感，深切动人。

杜甫曾在安史之乱中避难岳阳，陈与义的个人遭际与杜甫极为相似，冥冥之中似乎更容易引发共鸣。从某个角度来说，陈与义的岳阳楼诗也可以看作对杜甫忠君爱国情怀的隔空回应与再次升华。

再赋一绝

［宋］陆　游

江风吹雨濯征尘，百尺阑干爽气新。
不向岳阳楼上醉，定知未可作诗人。

陆游（1125—1210），字务观，号放翁，越州山阴（今浙江绍兴）人，南宋时期杰出的爱国诗人、词人。他一生笔耕不辍，诗歌创作数量惊人，现存诗作达9300多首，不仅成为南宋一代诗坛领袖，更在文学史上以存诗数量之巨而闻名。陆游与尤袤、杨万里、范成大并称为南宋“中兴四大诗人”。

陆游出生不久，便遭遇“靖康之耻”的家国巨变，这一事件深刻影响了他的人生轨迹，爱国忧时也成为他一生恪守的品格。陆游坚决反对议和，力主恢复中原，渴望通过抗战实现为国报仇雪耻的远大志向。他不仅以诗言志，大声疾呼国家统一，还多次向朝廷进言，陈述恢复中原的战略构想，希望整顿朝纲，解救百姓于水火之中。中年时期，陆游入蜀投身抗金北伐前线，是南宋唯一一位亲临南郑抗金前线的大诗人。然而，他长期遭受当权者的压制和谗毁，政治抱负始终无法实现，年近半百仍未获重用，最终官至宝章阁待制。宋室南渡后，陆游退居家乡山阴，在那里度过了晚年。

陆游的诗歌创作题材广泛，山水诗便是其中重要的组成部分，各体兼备，涵盖七言律诗、五言绝句、五言律诗和杂言诗等多种体裁。其中，他的七绝成就尤为突出，广受后世推崇。陆游的诗歌继承了屈原、杜甫等文学大家的爱国主义写实传统，《唐诗宋醇》评价陆游“绝句源出乐府，但取神韵，趣在有意无意之间，唐人推青莲、龙标二家擅场。作者妙处，深得风人之致，视唐殆无愧色，此不可以时代拘者也”。在《石遗室诗话》中也对陆游的诗歌给予了高度赞誉。而《再赋一绝》正是陆游登临岳阳楼时创作的一首经典七言绝句，此诗构思精巧，语言流畅，字里行间流露出自在洒脱之感。

据史料记载，陆游第一次与岳阳楼结缘是在17岁那年，当时他随父亲探亲，途经湖南岳阳。宋孝宗时期，陆游曾任职福州、江西提举常平茶盐公事，据此推测，他在任职期间很可能多次途经岳阳。此外，当时国土分裂，战争频繁，朝政黑暗，宋室南渡时，众多文人士子为躲避战火而纷纷南逃，陆游也曾在诗文中写道："前浦回湘水，火城过岳阳。"从这些描写中，读者仿佛能看到他登上岳阳楼，俯瞰四周湖光山色时，心中满是如浮萍般漂泊无依的身世之叹，他的足迹在岳州大地上留下了深深的印记。

诗歌首句"江风吹雨濯征尘"巧妙地以"江风吹雨"的宏大背景，营造出开阔的意境，委婉地表达出自己身处险境的漂泊之苦。次句"百尺阑干爽气新"，笔锋陡然一转，以平实的笔触描绘倚栏远眺的情景，清新的空气扑面而来，仿佛将征尘与疲惫尽数洗净，令人心旷神怡。此刻，诗人安之若素，心中的烦恼忧愁也得到了暂时的消解，仿佛尘世的一切纷扰都可抛诸脑后。从某种意义上说，这也暗含了诗人对朝廷昏聩、权贵弄权的厌弃与不满。

末两句"不向岳阳楼上醉，定知未可作诗人"，诗人似乎暂时忘却了羁旅的伤痛惆怅与抱负难展的抑郁。当他登上岳阳楼，极目远眺，山高水阔，洞庭湖烟波浩渺，思绪在天地间自由驰骋。想到自己远离故土、孤身一人，想必也曾在楼上久久徘徊，更觉漂泊无依，前途渺茫，满心彷徨。但历经人生风雨沧桑后，或许他意识到抗争的艰难，不如一醉方休，以诗“立言”。自古以来，文人常以酒浇愁，借酒抒发心中愤懑，酒成为消解烦闷的媒介。当面对洞庭湖的壮美景色时，壮志难伸的痛苦不时涌上心头，提醒着他人生忧患难以摆脱，又何不通过写诗来抒发情感呢？这里的“未可作诗人”并非是指自己不能成为诗人，而是说自己尚未达到理想的人生境界，这不仅充分展现了陆游谦虚自省的人生态度，也让读者得以窥见这位伟大诗人丰富而深沉的内心世界。

水调歌头·过岳阳楼作

［宋］张孝祥

湖海倦游客，江汉有归舟。西风千里，送我今夜岳阳楼。日落君山云气，春到沅湘草木，远思渺难收。徙倚栏干久，缺月挂帘钩。

雄三楚，吞七泽，隘九州。人间好处，何处更似此楼头？欲吊沉累无所，但有渔儿樵子，哀此写离忧。回首叫虞舜，杜若满芳洲。

张孝祥（1132—1170），历阳乌江（今安徽和县乌江镇）人，南宋著名文学家、书法家，系唐代诗人张籍的七世孙。他在诗、词、文领域皆有佳作传世，尤其以词见长，其词风雄浑豪迈，是豪放派的重要代表作家之一。词作内容多饱含爱国主义精神，气势磅礴，意境开阔，《念奴娇·过洞庭》便是其代表词作的典范。

张孝祥23岁高中进士，开启了长达15年的仕途生涯，却不幸英年早逝，终年38岁。他曾历任中书舍人、显谟阁直学士等职。在其短暂的生命历程中，坎坷磨难如影随形。早年，他的父亲张祁遭秦桧诬告入狱，受尽折磨，张孝祥也因此受到牵连。直至秦桧去世，局势才出现转机。此后，他因支持张浚北伐而被免职。绍兴二十九年（1159），又遭小人汪澈排挤弹劾，被迫离开京都这个权力中心，前往地方任职。尽管仕途多舛，张孝祥一生始终心系收复中原失地、平定山河，然而现实的残酷与无奈使他只能将满腔豪情寄托于山水之间。

在南宋那个山河破碎、民族危机深重的时代，文人的命运与家国兴衰紧密相连。张孝祥的词不仅是个人情感的抒发，更折射出整个时代的精神风貌。以《水调歌头·过岳阳楼作》为例，这首词展现了他在岳阳楼上俯瞰洞庭湖水天月色时的出尘之姿，情感深沉，意境宏阔，超逸旷达，深刻反映了其复杂的心路历程与对国家命运的深切关怀。

词的上阕“湖海倦游客，江汉有归舟”，词人自比疲倦的游客，为整首词定下了凄清的基调。紧接着的“西风千里，送我今夜岳阳楼”看似写景，实则抒怀，点明了登楼之事。“日落君山云气，春到沅湘草木，远思渺难收”这几句，词人巧妙地将自然景色与登临岳阳楼的心境相结合。日落时的君山云气和春日的沅湘草木都成为词人情感抒发的媒介。词人举目远眺，国土沦丧的耻辱感袭上心头，心中那份“远思渺难收”更是直抒胸臆，语句看似平淡，却隐含着深沉的感慨，既是对过往岁月的无尽追忆，也是对未来前程的深深忧虑。

“徙倚栏干久，缺月挂帘钩”两句，词人长时间倚靠在栏杆上，凝视着天边那轮弯弯的缺月，它不仅像极了人生的不完美，也像极了词人心中那份难以言说的孤独与寂寥。此刻，时间仿佛静止了，只有那轮缺月成了他心灵深处最忠实的听众。意象清冷幽深，进一步加深了内心的孤独与寂寥之感。

下阕词人笔锋一转，情感进一步升华，由写景转为直接抒情，情感更加激昂。“雄三楚，吞七泽，隘九州”，他以磅礴的气势、宏大的笔触描绘了岳阳楼的地理位置和战略意义，表现出词人对岳阳楼的情有独钟。这不仅仅是对自然景观的赞美，更是对词人内心那份家国情怀的隐喻。“人间好处，何处更似此楼头”，在他的眼中，岳阳楼不仅有自然美的极致，更是心灵得以栖息的圣地。

然而，当词人想要凭吊屈原，寻找那份历史的共鸣时，却发现“欲吊沉累无所，但有渔儿樵子，哀此写离忧”。屈原的投江不仅是他心中永远的痛，也是南宋时局下无数文人志士共同的心声。张孝祥通过这一场景，表达了自己对屈原悲剧命运的同情，言语之间深为惋惜，借对屈原的缅怀来抒发自己关心国事、重整河山之志，极富感染力。

最后，“回首叫虞舜，杜若满芳洲”收束全词，词人将目光投向了遥远的古代，呼唤着贤明君主虞舜的名字，希望他能再次降临人间，拯救苍生于水火之中。回望历史，呼唤古代的贤明君主虞舜，吐尽肺腑，立意深远，声宏气壮，他对明君的渴望和对政治清风的渴望都源自他内心深处对家国命运的关心，可谓旨归深远，展现了张孝祥作为一位文人、一位爱国者深沉的家国情怀与不朽的精神追求。

十二月乙卯登岳阳楼丙辰再登

［宋］张　栻

维舟径上岳阳楼，风雨排空暝不收。
明日重来天色好，君山元自翠光浮。

张栻（1133—1180），字敬夫，一字钦夫，号南轩，汉州绵竹（今四川绵竹）人。作为唐宰相张九龄之弟张九皋的后裔、南宋名相张浚的长子，张栻不仅出身显赫，更在学术领域成就斐然。他是湖湘学派的杰出代表人物，开创了影响深远的南轩学派，与朱熹、吕祖谦并称为“南宋东南三贤”，当之无愧地成为一世学者宗师。

自幼承袭家学的张栻深受儒家思想的熏陶，《全宋诗》中收录了他的十一首诗作。虽然这些诗歌数量不多，却首首蕴含着他对自然、人生以及哲学的独到见解，生动展现了其既积极入世又超脱世俗的复杂情感与深邃的人生境界。张栻久寓长沙，幼年时便在家庭的学术氛围中汲取养分，后师从著名理学家胡宏，致力于文武兼修。他不仅在理学领域造诣深厚，通过授徒讲学、著书立说传承圣贤绝学，更在诗歌创作中彰显了非凡才华。现存于《全宋诗》的十一首诗作全面涵盖了他的自然性情、诗学追求以及人生境界，既有儒家积极济世的抱负，又不失道家的清逸超脱情怀。

在张栻的诗歌作品中，《十二月乙卯登岳阳楼丙辰再登》堪称山水诗的典范之作。张栻与朱熹私交甚笃，朱熹曾专程前往长沙拜访张栻，二人论学长达月余。临别前，他们同游南岳衡山，一路诗书唱和，这些作品后被集结为《南岳唱酬集》，留存诗歌一百多篇。在相关序文中，张栻着重抒发了登临纪游的独特感受，在他的笔下，山川林壑、衡岳湘水无不呈现出别具一格的奇逸韵味。由此，我们便能理解张栻登临岳阳楼时，为何能以细腻笔触描绘出宏壮大美的景致，赋予岳阳楼与洞庭湖绰约的神韵。

诗歌开篇“维舟径上岳阳楼”，以简洁明快的语言，生动展现了诗人乘船径直登上岳阳楼的场景。一个“径”字充满动感，将他对岳阳楼山水胜景的热切渴望与登楼的急切心情刻画得淋漓尽致，登楼的欣悦之情跃然纸上。紧接着“风雨排空暝不收”，诗人笔锋陡然一转，以凝练笔触展现“造物主”的磅礴自然神力。然而，天有不测风云，正当诗人满心期待饱览岳阳楼美景时，风雨如磬、天空昏暗的景象骤然降临，天风海雨之势仿佛将整个世界笼罩在混沌之中。这突如其来的变化既是对诗人身体的考验，更是对其心灵的磨砺。但张栻并未退缩，反而以坚韧心态从容面对。“暝不收”既明写岳阳楼在风雨洗礼下更显挺拔雄姿，也暗合了他内心深沉的怀古幽情，营造出苍茫壮观的境界，流露出吊古的萧飒气象，却无丝毫凄苦之情，从中我们能深切感受到诗人内心的怀古幽情与不屈精神。

正当读者以为诗歌将在苍茫萧飒中收尾时，张栻以“明日重来天色好，君山元自翠光浮”这一出人意料的转折为我们展开全新画面。诗人并未因眼前风雨而气馁，而是择日再次登楼。当次日阳光普照、天空澄澈，君山青翠欲滴、翠光浮动时，这一景象不仅展现了君山的秀美风光，更传递出坚韧不拔、积极向上的雄奇气概与理想主义人文精神。在人生旅途中，困境与挑战如影随形，但只要心怀不灭的信心与勇气，便能战胜一切艰难险阻，迎接美好未来。

张栻的这次登临经历恰似其人生哲学的生动写照。在他的眼中，人生犹如岳阳楼的风雨与晴天，充满未知与挑战，但只要保持坚定信念与无畏勇气，就能战胜逆境，拥抱光明。这种积极向上、坚韧不拔的精神力量不仅推动着张栻在理学与诗歌创作道路上不断探索前行，更成为后世无数文人学者人生路上的精神灯塔，指引着他们跨越重重困境，追寻理想与真理。值得一提的是，张栻这种将理学思想融入诗歌创作的方式在南宋诗坛独树一帜。他的诗歌不仅是文学艺术的结晶，更是其哲学思想的诗意表达，为后世研究南宋理学与文学的交融发展提供了珍贵样本。通过对其诗歌的深入解读，我们得以窥见那个时代知识分子的精神风貌与价值追求，进一步理解理学思想对文学创作的深刻影响。

湘中咏

[金] 元好问

楚山鹤鸣风雨秋，楚岸猿啼送客舟。
江山万古骚人国，猿鸟无情也解愁。
西北长安远于日，凭君休上岳阳楼。

元好问（1190—1257），字裕之，号遗山，世称遗山先生，今山西省忻州市人。他诗、词、文、曲俱佳，文学成就斐然，是有金一代诗坛宗师与文坛盟主。《金史·文艺传》在其本传中称他“兵后故老皆尽，好问蔚为一代宗工”；《四库全书遗山集提要》评价：“好问才雄学赡，金元之际为文章大宗。”

元好问七岁便能作诗，被誉为神童。成年后，他为北方文宗赵秉文所赏识，名震京师，号称“元才子”，成为北方文坛的佼佼者。他进士及第后不久，又以宏词科登第，历任权国史院编修、镇平县令、内乡县令等职。然而，元好问的一生并非一帆风顺，他经历了金朝的灭亡与元朝的崛起，见证了时代的沧桑巨变。在这样的历史背景下，其诗歌创作充满了深沉的现实感慨。

在元好问的创作领域中，诗歌的文学成就最高。他在弥留之际嘱咐家人，在其墓碑上只题七个字“诗人元好问之墓”，足见他对自己诗歌创作的高度自信。其诗歌风格奇崛雄放，不事雕琢，兼具清丽自然、超脱放达的特点。他留存的山水诗有二十多首，或登临抒怀，或吟啸山林，表达了对自然山水的热爱和自在舒展的闲适心境。

金朝灭亡后，元好问隐居不仕，以著述存史为己任，以诗存史，见证了金代的覆亡和元朝的崛起，为后世编写《金史》做出了极大贡献。元好问是否亲临楚地山水已不可考，但从其诗歌中，我们可以感受到，作品以深邃的意境和浓郁的情感，将读者带入那片古老而神秘的土地。诗歌以洞庭山水和岳阳楼为主体，借山水抒怀，将亡国之痛融入景物描写之中。

诗歌首句“楚山鹤鸣风雨秋”，开篇便以雄浑的笔触勾勒出湘中秋日萧索的景象。楚山巍峨，鹤鸣声声，风雨交加，“悲秋”气息浓厚，为全诗奠定了悲凉的感情基调。紧接着，“楚岸猿啼送客舟”一句将视角转向湘水岸边。猿啼声声，似乎在为即将离去的客舟送行。客舟的离去不仅象征着诗人的漂泊与无依，也暗示着他对故土的深深眷恋与不舍。这里的“猿啼”与“鹤鸣”相呼应，都是常见的伤时悼乱的意象，客舟离去，百川归海，而诗人却似顾望而不得归，悲从中来，难以抑制。

“江山万古骚人国”，这句诗中的“骚人国”不仅是对楚地长久以来继承屈骚文化传统的赞美与敬仰，也暗示了作者的文学追求和政治理想。“猿鸟无情也解愁”一句含意深沉，猿啼的悲鸣之声仿佛理解诗人内心的愁绪。当时正值蒙古与金易代之际，战祸频仍，民不聊生，元好问内心悲哀忧虑深重。

末两句“西北长安远于日，凭君休上岳阳楼”，气象苍凉。“长安”作为古都城，已遥不可及，仿佛比太阳还要遥远，这种带有哲理性的表达实为含蓄地抒发亡国之痛。“凭君休上岳阳楼”之句采用反写手法。徜徉山水本可缓解诗人现世烦恼，但他说不要登临岳阳楼览山水大观。原因在于元好问深知，即便登临岳阳楼，也看不到昔日的繁华昌盛，只会让自己更加沉浸在悲伤痛苦之中。因此，他选择“休上岳阳楼”，将这份情感深埋心底。

然而，这份情感并未消失，反而如暗流般在诗人内心汹涌澎湃。他无法忘记曾经辉煌的金朝，无法忘记饱受战乱之苦的人民，更无法忘记自己作为文人的责任与使命。满目河山易主，民不聊生的萧索时局加重了诗人内心的悲哀与痛苦。或许连他自己也难以厘清这种复杂的心理，无法获得心灵的平静。面对如此情境，除了长叹，似乎也别无他法。

水龙吟·登岳阳楼，感郑生龙女事，谱大曲薄

［元］白　朴

洞庭春水如天，岳阳楼上谁开宴。飘零郑子，危栏倚遍，山长恨远。何处兰舟，彩霞浮漾，笙箫一片。有蛾眉起舞，含凝睇，分明是、旧仙媛。

风起鱼龙浪卷，望行云、飘然不见。人生几许，悲欢离聚，情钟难遣。闻道当时，汜人能诵，招魂九辩。又何如乞我，轻绡数尽，写湘中怨。

白朴（1226—？），字仁甫，号兰谷，祖籍隩州（今山西河曲附近），晚年寓居金陵（今南京）。作为“元曲四大家”之一，虽然他一生未入仕途，却凭借卓越的文学才华，在元代文坛留下了浓墨重彩的篇章。白朴的词作既承继宋代词风精髓，又融入元代独特的时代气息，形成别具一格的艺术风貌，既有宋词的婉约雅致，又兼具元曲的豪放洒脱。这种独特风格的形成与他幼年经历战乱、家族离散的悲惨遭遇密不可分，动荡的生活不仅让他对人生有了更为深刻的感悟，也为其创作注入了深沉的情感底色。

其代表作《水龙吟·登岳阳楼》中，上阕首句“洞庭春水如天”巧妙化用苏轼诗句“今年洞庭春，玉色疑非酒”，以“以诗为词”的创作手法，生动勾勒出洞庭湖春日碧波连天、天水相接的壮美画面。这种化用不仅展现了白朴对前人文学精华的借鉴与创新，更引发了读者丰富的联想与想象，体现出他寄情山水、豁达超脱的胸襟。相较于同时代的马致远、关汉卿等元曲大家，白朴在词作中更善于将细腻的情感与宏大的自然景象相融合，营造出独特意境。紧随其后的“岳阳楼上谁开宴”既呼应词题，又自然引出下文，为读者营造出充满悬念的阅读氛围。

“飘零郑子，危栏倚遍，山长恨远”三句既可理解为白朴自身羁旅漂泊、倚栏远眺时，面对洞庭春色却难消惆怅苦闷的真实写照，也可看作他在山水之间，对人生无常、命运浮沉的深刻体悟与超脱。这种情感既源于个人身世的坎坷，也折射出时代更迭带来的沧桑感。从文学理论的角度来看，这几句运用了情景交融的手法，以景衬情，将个人情感融入壮阔的自然景色之中，使情感表达更为含蓄深沉。而“何处兰舟，彩霞浮漾，笙箫一片”的描写则将视角转向湖面，描绘出一幅兰舟摇曳、彩霞映照、笙箫悠扬的诗意画面，尽显洞庭湖的宁静与美好，寄托了词人对美好生活的向往。但这份美好转瞬即逝，很快又将读者拉回现实的怅惘之中。

词中“有蛾眉起舞，含凝睇，分明是，旧仙媛”堪称全词高潮。白朴以细腻笔触描绘出一位舞姿优美、眼神含情的女子形象，用“旧仙媛”喻指，既暗含其渴望摆脱尘世纷扰、追寻宁静的心愿，也透露出他对纯净美好的向往。或许这一形象是他内心理想的投射，抑或遥不可及的梦幻，为词作增添了浪漫而神秘的色彩。此处的描写与柳永词中对歌妓形象的刻画有着异曲同工之妙，但白朴赋予了这一形象更多的精神内涵，使其成为超脱尘世的象征。

下阕“风起鱼龙浪卷”起笔气势雄浑，生动展现洞庭湖波涛汹涌、鱼龙翻腾的壮阔景象。“望行云，飘然不见”以行云喻指功名利禄，暗示其转瞬即逝，尽显景中含情。“人生几许，悲欢离聚，情钟难遣”则直抒胸臆，将个人对人生悲欢离合的感慨与无奈尽情抒发，凸显全词情感基调。“闻道当时，汨人能诵，招魂九辩”化用屈原《九辩》招魂典故，借古抒怀，跨越时空，表达出词人久客思归的乡愁，以及对故乡和过往岁月的深切怀念。这种用典手法不仅丰富了词作的文化内涵，也使情感表达更具有深度和厚度。

词作结尾“又何如乞我，轻绡数尽，写湘中怨”，白朴将满腔愁绪与感慨倾泻而出。在他看来，时光飞逝，人生沧桑，面对历史的变迁与人事的无常，人们不必为功名利禄而奔波不息。这种超脱世俗的感慨既饱含词人对人生的深刻思考，也引发后世读者的强烈共鸣，具有深刻的思想内涵与艺术价值。从整首词来看，白朴通过对岳阳楼及洞庭湖景色的描绘，将个人的身世之感、人生之思与历史的沧桑变迁融为一体，不仅展现出高超的艺术造诣，也为元代词作的发展做出了重要贡献。

登岳阳楼

[元] 许有壬

半空轮奂壮巴丘，消得骚人一系舟。
云气远携湘雨至，湖光寒入蜀川流。
山川信美非吾土，天地无穷有此楼。
三十四年如梦过，可怜华发赋重游。

许有壬（1286—1364），字可用，晚年号圭塘老人，彰德府汤阴县（今河南省安阳市）人，进士及第。在元代重蒙轻汉、科举制度几近荒废的特殊政治环境下，他凭借卓越才学脱颖而出，成为元代唯一一位通过科举独登显位而拜相的汉儒，在当时具有极高的声望，其仕途轨迹堪称科举制度在元代的一抹亮色。

许有壬一生仕宦经历极为丰富，并且为官清廉。他历仕仁宗、英宗、泰定帝、明宗、文宗、宁宗、顺帝七朝，在风云变幻的元朝政坛沉浮四十余载，不仅官至集贤大学士、枢密副使、中书左丞等要职，还曾多次担任科举考官，为朝廷选拔人才。在元代文人普遍运命偃蹇，抑郁不得志的社会现实下，许有壬以儒者的担当忧心黎民苍生，见证了元朝政坛近半个世纪的血雨腥风，成为一代名臣。同时，他力倡复兴儒学，在文化式微的时代逆流中，努力维系儒家文化的传承。其诗文深刻体现了元代南北诗文融合的风气，在诗歌实践上，对元初"宗唐复古"文学思潮的延续做出了重要贡献，以独特的文学风格在元代文坛占据一席之地。

许有壬生平交游广泛，交往对象不仅涵盖文学巨擘、达官贵人，也不乏山野隐士、贩夫走卒。这种跨越阶层的交游展现出他不拘一格的交友态度与对田园生活的向往。他晚年半官半隐，流连山水，与友人以山水诗唱酬，成为闲居中的一大乐事。《登岳阳楼写怀》便是在这样的背景下应运而生的一首典型山水佳作。

首联"半空轮奂壮巴丘，消得骚人一系舟"，诗人以生动的笔触描绘了岳阳楼雄伟壮观的景象。岳阳楼高耸入云，气势磅礴，仿佛与天地相连，这样的景象足以让文人骚客驻足留连，停船观赏。诗人用“消得”二字，巧妙地借助“系舟”这一动作，将被岳阳楼美景所吸引、流连忘返的欢悦心情生动展现，跃然纸上。

颔联“云气远携湘雨至，湖光寒入蜀川流”，诗人以俊爽的大笔勾勒出了潇湘洞庭湖雨中独有的湖光山色。云气带着湘江的雨丝飘然而至，山峦远去，湖光流转，整个画面充满了动感与生机。湖光与蜀川的流水相连，寒意袭人，飘洒不定，营造出一种苍凉而深远的意境。这一联不仅展现了诗人对自然景色的敏锐感知，也寓含了诗人对人生世事的深刻感悟，暗含着个人命运在历史洪流中的渺小与无奈。

颈联“山川信美非吾土，天地无穷有此楼”，诗人由写景转入抒情，情感变得深沉而复杂。他化用王粲《登楼赋》中的“虽信美而非吾土兮，曾何足以少留”之句，表达了对故国的深深思念和对身逢乱世的忧虑。然而，诗人的情感并未因此变得消沉，反而更加昂扬。他登高远望，觉得宇宙天地无穷无尽，虽然有淡淡的喟叹与惆怅，时光悄然流逝，但岳阳楼历经千年而在岁月的风雨飘摇中屹立不倒。这种对比既表达了诗人对岳阳楼的敬仰之情，也寓含了万物新陈代谢、生生不息的哲理意蕴，体现出诗人在困境中对生命力量的深刻认知。

尾联“三十四年如梦过，可怜华发赋重游”，诗人的情感达到了高潮。三十四年过去了，人生仿佛一场大梦，诗人从少年走到了白发苍苍的老者。他再次登上岳阳楼，望着眼前的景色，思绪万千。诗句渲染了一种似梦非梦的迷离感。对于诗人来说，这三十四年的时光既充满了欢笑与泪水，也见证了时代的变迁与人生的沧桑。面对如此漫长岁月，又如何能不思接千载，感慨丛生呢？此句将个人命运与时代兴衰紧密相连，深化了诗歌的主题。

《登岳阳楼》不仅是许有壬个人情感的抒发与人生哲理的阐述，更是那个时代文人心态的写照与历史变迁的见证。它不仅让我们在品味中感受到了诗人的旷达胸襟与人生智慧，也让我们更加珍惜眼前的美好时光与内心的那份纯净与美好。同时，这首诗也启示我们，无论身处何种境遇，都应该保持一颗豁达的心，去面对生活的种种挑战与困境。因为只有这样，我们才能在历史的洪流中留下自己的足迹，让后人铭记我们的存在。在当下快节奏的生活里，许有壬的这份心境与感悟也为现代人提供了一种精神上的慰藉与指引，让我们在喧嚣中寻得内心的宁静与力量。

岳　阳

[明] 何景明

楚水滇池万里游，使车重喜过巴丘。
千家树色浮山郭，七月涛声入郡楼。
寺里池亭多旧主，城中冠盖半同游。
明朝又下章华路，江月湖烟绾别愁。

何景明（1483—1521），字仲默，号白坡，又号大复山人，河南信阳人，明代中期文坛领袖，“前七子”之一，与李梦阳并称文坛领袖。何景明性格耿直，看淡功名利禄，敢于直谏，曾倡导明代文学改革运动，著有《大复集》三十八卷。

何景明自幼聪颖，四岁即识字，六岁能读书对句，八岁能赋诗作文章，时称神童。少年时代，在兄长何景韶的引导下，他深入研读《尚书》，不过数月，不仅能倒背如流，更能阐释其经义，展现了惊人的记忆力和理解力。弘治十一年（1498）秋天，年仅十五岁的何景明在乡试中脱颖而出，与次兄何景阳同时中举。何景明以一篇《启贤能承敬禹之道》为题的文章，获《尚书》经第三名举人，时称经魁，一时风头无两。弘治十二年（1499）春，何景明赴京参加礼部会试，因答卷中多奇字，遭到主考官排斥，结果名落孙山。对他而言，这次挫败无疑是一次重大打击，却也是人生转折的开始。

正是由于会试落榜，何景明开启了第一次岳阳之行。弘治十三年（1500）春，何景明陪送长兄何景韶赴任巴陵县知县，经常与哥哥的同僚友人结伴游览岳州地区，欣赏湖光山色、名胜古迹，并写下了大量的诗文作品。

弘治十五年（1502）春，何景明再次赴京会试，高中进士。但由于其性情耿直，不喜逢迎，在接下来的庶吉士选拔考试中，虽然取得了优异的成绩，但落选了，两年后才被朝廷正式任命为中书舍人，负责为朝廷起草诏令文书。

到了弘治十八年，时隔六年，何景明开启了第二次岳阳之行。何景明作为钦差大臣出使云南，七律《岳阳》正是他南下经过岳州时写下的，记录了他与长兄何景韶及友人相聚欢会的情景，以叙怀离情为主，清新疏淡，情真语真又余味无穷。

诗歌首联“楚水滇池万里游，使车重喜过巴丘”，诗的开篇便以宏大的视角展现了诗人作为钦差大臣出使的踌躇满志和故地重游岳州的喜悦之情。第二句“千家树色浮山郭，七月涛声入郡楼”紧接着以细腻的笔触描绘眼见之景，树色与山郭相映成趣，涛声与郡楼共鸣，构成了一幅生动的画卷，由远及近，动静结合，让人仿佛置身壮阔的洞庭湖畔，感受大自然的鬼斧神工。

诗的后半部分，“寺里池亭多旧主，城中冠盖半同游”，通过寺庙、池亭、冠盖等元素，勾起了诗人与友人昔日同游的欢乐时光。该诗打破了往昔诗作写分手离别的寂寞伤感之情，既有深情的回望，似乎也在宽慰送行者。这里没有常见的离别之苦，反而多了一份对过去美好时光的怀念与珍惜，仿佛在告诉读者，即便未来将要分别，但曾经的相聚已足够温暖人心。

末句“明朝又下章华路，江月湖烟绾别愁”化用刘禹锡“长安陌上无穷树，唯有垂杨绾别离”之诗句，以江月湖烟阔大背景作结，在构思上力矫平直，出人意表，不描写具体的离愁别绪之态，将本来很平常的送别题材写出了清雅灵动的韵致，在情感上也是曲折有致，哀而不伤。这样的处理既避免了直白的伤感，又赋予了诗歌清空悠远的意境，让人在淡淡的孤寂中感受到一种超脱与释然。

上岳阳楼

［清］黄遵宪

巍峨雄关据上游，重湖八百望中收。
当心忽压秦头日，画地难分禹迹州。
从古荆蛮原小丑，即今砥柱孰中流？
红髯碧眼知何意，挈镜来登最上头。

黄遵宪（1848—1905），广东梅州人，字公度，别号人境庐主人，清朝著名诗人、教育家、外交家，“梅州八贤”之一。他出身举人，在民族危亡的关键时刻，毅然以救亡图存为己任，深切忧虑国家被列强瓜分的命运，成为近代中国走向世界的积极践行者。黄遵宪积极主张维新变法，曾出资与梁启超、谭嗣同等人创办《时务报》，以笔为刃，传播新思想，推动社会变革。他在诗歌创作上独树一帜，善于将新事物熔铸入诗，打破传统诗歌藩篱，因此被尊称为“诗界革新导师”，著有《人境庐诗草》《日本国志》等经典之作。

《人境庐诗草》是近代文学中的一部重要诗集，取名自黄遵宪的居室名“人境庐”，是他精心编定的晚年手定本诗集。这部诗集收录了作者从同治三年（1864）至光绪三十年（1904）所作古今体诗六百余首，题材广泛，形式新颖，涵盖了当时所发生的重大历史事件、交游唱酬等内容。黄遵宪以笔为史，诗歌中充满了对帝国主义侵略及清王朝腐败无能的激烈抨击，字里行间流淌着他对国家命运的深切关注与深沉忧虑。

清光绪二十三年（1897）六月，黄遵宪赴湖南长宝盐法道任，途经岳州登上岳阳楼。彼时，洞庭湖八百里烟波浩渺，与远处山峦相映成趣，构成了一幅壮丽画卷。然而，这片美景却难以抚平他内心的沉重。当时，长江上下游广大区域已被划入英国势力范围，祖国山河破碎，主权沦丧。面对此景，黄遵宪以浓烈沉郁之笔写下了诗篇《上岳阳楼》。诗中不仅展现了他对国土沦丧的悲愤与无奈，更彰显出其炽热的报国热忱和对民族命运的深切关切。

“巍峨雄关据上游，重湖八百望中收”，诗题《上岳阳楼》的“上”字与“望中收”的“望”字互相呼应，开篇便以雄浑笔触勾勒出岳阳楼的巍峨与洞庭湖的壮阔。这宏大的自然景象本应是诗人施展治国平天下抱负的舞台，然而外敌入侵、国土沦丧的现实让诗人徒留凄凉无奈与壮志难酬的心境，同时倾吐了他政治上的满腔愤懑。

颔联“当心忽压秦头日，画地难分禹迹州”，通过巧妙的比喻和象征手法，深刻表达了作者对时局的忧虑。其中，“秦头日”暗指西方列强如烈日般的侵略和压迫，“禹迹州”代表大禹所划分的九州疆土，“难分”二字既揭示了华夏疆土主权遭到破坏的残酷现实，也暗含中华民族即便面临危机，依然有着强大的向心力和凝聚力。在当时的历史背景下，这种表述不仅是对现状的痛陈，更预示着一场旨在挽救民族危亡的革命浪潮即将到来。

颈联“从古荆蛮原小丑，即今砥柱孰中流”化用《诗经·采芑》“蠢尔荆蛮，大邦为仇。方叔元老，克壮其犹。方叔率止，执讯获丑”语意。历史上，荆楚南方曾被视为蛮夷之地，但有“方叔”这样的中流砥柱力挽狂澜。黄遵宪在此以激愤之语呼吁国家能涌现更多像方叔一样的俊杰之士，字里行间饱含着他对国家和民族的深厚情感与殷切期望。

“红髯碧眼知何意，挈镜来登最上头。”诗人自注“是日有西人登楼者”，点明创作契机。“红髯碧眼”代指洋人，“挈镜”即携带望远镜。诗歌结尾，黄遵宪将镜头对准一同登楼的洋人，他们带着望远镜，仿佛在窥探这片土地，这一细节让他心生警觉。他将“挈镜”的洋人形象与雄关古楼并置，以充满民族忧患的目光审视他们的一举一动，不仅点明了全诗感慨的缘由，更赋予伤时、报国的情感以强烈的时代气息。这种对洋人的警觉与防范意识充分体现了黄遵宪敏锐的洞察力和对民族命运的深切关怀。在当时，西方列强凭借先进技术和军事力量，对中国进行经济掠夺与领土蚕食，黄遵宪在岳阳楼上的所见所思正是那个时代无数爱国志士的共同心声，为后人留下了宝贵的精神财富，激励着一代又一代中国人为民族复兴而不懈奋斗。

入郡寓宿西楼上方道人所，晚望二绝句（其一）

［清］吴敏树

万顷平波晚自凉，渔舟破碎点金光。
墨山霞色螺洲树，奇绝楼头看夕阳。

吴敏树（1805—1873），字本深，自号南屏，湖南巴陵（今岳阳）人。道光十二年（1832）中举人，道光二十四年（1844）通过大挑选授浏阳县学教谕，后正式被任命为训导，不久便辞官归乡，纵情山水，幽居洞庭湖畔。同治十二年，吴敏树在长沙的湖南省通志局离世，享年六十九岁。

吴敏树自幼痴迷古文，是清代中后期极具影响力的散文家。早年踏入仕途的他因深刻洞察官场的尔虞我诈与险恶丛生，深感人生志趣与官场格格不入，毅然决然地选择致仕还乡。此后，他一心投入文学创作，潜心钻研，开创了中国柈湖文派，在文学史上留下浓墨重彩的一笔。作为清末湖南文坛的重要人物，晚清著名外交家郭嵩焘在《吴南屏墓表》中赞誉道："湖南两百年文章之盛，推曾文正公及君。"足见其文学地位之高。

生长于洞庭之滨的吴敏树，洞庭湖与岳阳楼早已融入他的生命血脉。然而，在其文学作品中，鲜少直接描绘这两处名胜的雄伟壮丽，而是另辟蹊径，以巧妙的侧面描写，借其他景物为引，烘托出洞庭湖的浩渺壮阔与岳阳楼的雄伟奇绝。这种独特的间接表达方式既彰显了他炉火纯青的艺术技巧，更饱含着对家乡深沉的眷恋与独特的感悟。如今走进岳阳楼，一楼金柱上悬挂的"乾坤吴楚双开眼，廊庙江湖一倚楼"这副气势恢宏的对联便出自吴敏树之手，它不仅是对岳阳楼景色与人文精神的高度概括，更展现了吴敏树深厚的文学功底。

1851年，吴敏树辞去浏阳学官之职后，重返魂牵梦绕的洞庭湖畔。他曾特意来到郡城岳阳楼上，一连居住两夜，与老友方道士一同凭栏远眺，尽情观赏洞庭湖的绝美风光，共同沉醉于洞庭湖落日余晖的迷人景致之中。正是在这样闲适悠然的情境下，他诗兴大发，挥毫写下《入郡寓宿西楼上方道人所晚望二绝句》。诗人立于风景绝佳的岳阳楼上，极目远眺夕阳西下时的江景，以细腻入微的笔触，生动地描绘出洞庭湖绚烂夺目的晚霞。在这情景交融的诗句中，诗人将内心丰富的情感巧妙融入景色描绘，于平淡中蕴含浓郁情思，读来韵味悠长，令人如饮美酒，沉醉于诗歌所营造的真趣之中。

首句“万顷平波晚自凉”，语言质朴自然，如话家常。其中，“万顷平波”四字生动展现出江面的广袤无垠与平静如镜之态；“晚自凉”则精准点明时间变化，傍晚时分，随着夕阳西沉，轻柔的晚风拂面而来，带来丝丝沁人的凉意，勾勒出一幅静谧而略带清冷的黄昏江景图。紧接着，“渔舟破碎点金光”一句，诗人以细腻笔触聚焦细节，将江面上穿梭往来的渔船与金色的夕阳余晖巧妙融合。这里的“渔舟破碎”并非指渔船破损，而是形象地描绘出渔船在广阔江面上星罗棋布、摇曳穿梭的繁忙景象；“点金光”更是精妙传神，夕阳的余晖洒落在江面上，为每一艘渔船镀上了一层耀眼的金色光芒，赋予画面无限诗意与浪漫，宛如一幅灵动的水彩画。

诗歌末两句“墨山霞色螺洲树，奇绝楼头看夕阳”，吴敏树将目光从近处的江面转向远处的山峦与树木。“墨山”一词生动描摹出傍晚时分山峦呈现出的深青如墨之色，与天边明艳绚烂的“霞色”形成强烈的色彩对比，使画面层次分明、立体感十足；“螺洲树”则以独特视角，勾勒出树木在夕阳映照下的婀娜姿态，仿佛它们也陶醉于这黄昏美景之中。整联诗句声情并茂，错落有致，将黄昏时分洞庭湖畔的清幽宁静之美渲染得淋漓尽致，让人不禁联想到此时诗人内心的澄澈与平静，仿佛与这天地美景融为一体。

雨中遣兴

［元］王　冕

故人何日是归年，又听刚风洗瘴烟。
骄马北驰沙似雪，冥鸿南去水如天。
莫愁弦绝蒲萄馆，且喜歌生䆉稏田。
好在岳阳楼上望，洞庭明月正婵娟。

王冕（1287—1359），字元章，号煮石山农，会稽诸暨（今浙江诸暨）人，元代末期杰出的书画家、诗人。

王冕出身贫寒，虽然祖上有人做官，但到了他这一代，家境已大不如前。他早早感知到了人情冷暖，比同龄人更加早慧。幼年时，他天资聪颖，勤奋好学，对知识充满了无尽渴望。年少时，他曾怀揣着兼济天下的抱负，希望能够通过科举考试金榜题名，实现自己的政治理想。然而，命运似乎总在与他开玩笑，他屡应科考不第，这无疑对他的打击巨大。

面对仕途的不顺和失意，王冕并没有沉沦，而是选择了另一条道路——浪迹江湖，他将全部心思用在了读书作画上。他尤工于画梅，精篆刻，相传他是最先用花乳石刻印的人，为之后的篆刻艺术高潮奠定了基础。此外，在墨梅方面，他更是取得了引人注目的成就，影响了明清两代画家，对后世墨梅绘画的图式、技法和风格发展起到了重要作用。

在诗歌创作上，王冕也展现出了非凡的才华。他师从理学家韩性，好学诗，诗歌题材广泛，既有如实记录现实的艰辛之作，也有为出身卑微的寒门鸣不平之声，更有流连山水、交游酬唱之篇。他还写下了许多咏梅诗，表达了对梅花的赞美和钟爱之情。他的诗歌风格独特，情感真挚，深受后人喜爱，著有《竹斋集》。

他游历名山大川，曾买船南下，游历淮楚，举酒对山河，为自己怀才不遇而慷慨悲歌。《雨中遣兴》应当写于这一时期。此时的他已经历了多次科举落第的打击，面对仕途的渺茫和现实的残酷，他的内心充满了矛盾和挣扎。随着年岁的增长，他的真性情也被时间沉淀下来，最终走向了隐居退世之路，潜心艺术创作。在这首诗中，我们看到了一个不一样的王冕——一个虽然失意却仍不失豁达乐观，对家国世事充满深沉系念的诗人。

诗的开篇“故人何日是归年”为全诗定下了怀旧的基调。岁月苍茫，不知今夕何夕，诗人渴望故人归来，与之一述衷肠的热切期待跃然纸上。接着，“又听刚风洗瘴烟”，诗笔转向风雨如晦的现实世界，颇有悲凉的氛围。这两句诗不仅表达了诗人对故人的思念之情，也透露出他对现实世界的无奈和感慨。

“骄马北驰沙似雪，冥鸿南去水如天”，这两句诗则是诗人思绪的延伸。他仿佛看到了马儿在沙地上驰骋、冥鸿南飞的场景，这既是他对家国世事的深沉系念，也是他内心深处建功立业的政治理想的体现。在元代这个外族统治的时代背景下，诗人的这种情感显得尤为沉重。他渴望能够像那些骄马和冥鸿一样，自由地驰骋在天地间，实现自己的抱负和理想。

“莫愁弦绝蒲萄馆，且喜歌生穲稏田”这两句诗看似描写隐居生活的闲适和自在，实则表达了诗人品行的高洁和不为外物所役的豁达胸襟。句句是景，又句句是情。“莫愁”“喜”体现了诗人不为外物所役的豁达胸襟，虽然所面临的现实世界充满痛苦、悲哀，繁华已尽，但他还是要保持乐观的心态以自勉，积极向前。

最后两句“好在岳阳楼上望，洞庭明月正婵娟”，诗人将笔触转向了岳阳楼上的宁静画面。他极目远眺，只见洞庭湖上明月高悬，月华如水般洒落在湖面上，整个天地静谧无尘，有动感，有诗意，极富审美情趣，缥缈跌宕，全见用笔之妙。这一幅画面不仅富有诗意和审美情趣，更体现了诗人内心的宁静和超脱。

岳阳楼

[明] 杨　基

春色醉巴陵，阑干落洞庭。
水吞三楚白，山接九疑青。
空阔鱼龙气，婵娟帝子灵。
何人夜吹笛，风急雨冥冥。

杨基（1326—1378），元末明初重要诗人，字孟载，号眉庵，祖籍四川乐山，后徙居吴中（今江苏苏州）。他与高启、张羽、徐贲交谊深厚，四人诗才卓绝，时人尊称为“吴中四杰”，在元末明初的诗坛上绽放出耀眼光芒。这一时期，诗坛正处于变革转型阶段，“吴中四杰”以独特的创作风格，为诗坛注入新的活力，杨基更是其中不容忽视的存在。

生活在元明易代的动荡时期，杨基饱经政治动荡与战乱之苦。作为吴中文人的代表，他早年投身张士诚政权，试图施展才华、实现抱负。然而，历史的车轮滚滚向前，随着朱元璋势力崛起，张士诚政权覆灭，杨基不可避免地被时代洪流裹挟，陷入政治失意的困境。这种跌宕起伏的人生经历不仅深刻影响了他的精神世界，也成为其诗词创作的重要源泉。

在杨基的诗词作品中，情感变化与心路历程清晰可辨。前期，身处相对安定的环境，他的诗词风格明丽纤巧，感情基调积极欢快，如《天平山中》“细雨茸茸湿楝花，南风树树熟枇杷”，生动描绘了江南春日的美好景致，洋溢着对生活的热爱与向往。入明之后，政治环境的巨变与个人仕途的坎坷使他的情感表达转向委婉含蓄，充满愁苦悲惧。如《闻邻船吹笛》中“江空月寒露华白，何人船头夜吹笛”，借笛声抒发思乡怀古之情，尽显情绪的低沉消极，真实记录了其充满矛盾与痛苦、失落与幻灭的心路历程。这种情感转变不仅体现在诗词中，也反映在他对生活的态度上，从积极入世逐渐转向内敛自守。

元末以来，社会局势动荡不安，文人为求自保，纷纷远离时政。在此背景下，自然山水成为他们寄托情感的重要载体，通过写景咏物来抒发内心的欢喜悲愁。杨基的诗词作品多聚焦悲秋伤春等个人情绪，虽然缺乏对现实题材的深入抒写，在一定程度上影响了作品格调，但胜在真挚绮丽、细腻深婉。从这些私人化的情感表达中，我们得以窥探这位明初词坛大家丰富多彩的内心世界。其中，五言律诗《岳阳楼》更是他的代表作之一，境界开阔，时人赞其为“五言射雕手”，得到历代诗评家的高度赞誉。

诗的开篇“春色醉巴陵，阑干落洞庭”，杨基以精妙的炼字技巧，用“醉”“落”等动词赋予春色与岳阳楼以人的情感。其中，“醉”字生动展现出春色的浓郁迷人，仿佛能让巴陵大地为之沉醉；“落”字则巧妙描绘出岳阳楼与洞庭湖水相互映衬的画面，使整个场景充满生机与活力。读者仿佛置身洞庭湖畔，眼前是春色连天、水势浩渺的壮阔景象，陶醉其中。这种对自然景色的细腻描绘不仅充分展现了诗人的才情与丰富想象力，也透露出他对生活的热爱。

颔联“水吞三楚白，山接九疑青”在结构上巧妙融合时空变幻与景物描写，营造出宏大视野与高远意境。其中，“水吞三楚白”极言湖水的清澈无涯，仿佛将整个三楚大地纳入怀中；“山接九疑青”则生动描绘出群山连绵、山色青翠的景象。此处的“九疑”即苍梧山，传说舜帝葬于此地。诗人借景抒情，字句精巧，音律谐美，不仅让人深切感受到大自然的神奇壮丽，也暗含对历史传说的追思。

颈联“空阔鱼龙气，婵娟帝子灵”，诗人进一步渲染洞庭湖的神奇瑰丽氛围。其中，“空阔鱼龙气”突出湖水的广阔深邃，仿佛其中蕴藏着无数神秘的鱼龙；“婵娟帝子灵”巧妙融入舜帝与二妃的传说。相传舜帝南巡崩于苍梧，娥皇、女英二妃追寻至洞庭君山，泪洒斑竹，投江殉夫，其精魂使洞庭湖蒙上了一层神秘瑰丽的色彩。这一传说的融入极大丰富了诗歌内涵，让画面更具有感染力。

“何人夜吹笛，风急雨冥冥。”全诗以笛声收束，在急风骤雨的吹打下，在夜空中回荡的悲戚悠扬笛声化作洞庭波涛的悲啸，震撼人心。作为一首登临怀古之作，《岳阳楼》气象雄浑辽阔，在高亢中又添苍凉之感，蕴含着诗人俯仰古今、包容沧桑的豪情与感慨，别开生面，展现出独特的艺术魅力。

岳阳楼

［明］高 启

来登岳阳楼，朗诵范公记。
形胜一览收，心神皆妙思。
达观万物情，洞识无我意。
廊庙与江湖，常怀忧乐志。

高启（1336—1374），字季迪，号槎轩，今江苏省苏州市人，元末明初诗人、文学家，“吴中四杰”之一。

“吴中四杰”是指元末明初之际，生活在吴中地区（今苏州一带）的文士高启、杨基、徐贲、张羽四人，他们都以诗文著称于当时和后世。《明史》载：“明初，吴下多诗人，启（高启）与杨基、张羽、徐贲称四杰，以配唐王、杨、卢、骆云。”由此可见，“吴中四杰”在文学史上的成就不可小觑。其中，高启和杨基的文学成就尤为突出。

元末乱世群雄逐鹿，张士诚和朱元璋先后渡江，在江南形成了自己的势力范围。对于那些渴望在乱世中建功立业、实现人生抱负的文人来说，投靠张士诚无疑是出人头地的好机会。身为“吴中四杰”的杨基和高启也不例外，他们满怀希望地投身张士诚帐下，期待有所作为。可惜张士诚政权在历史上昙花一现，只不过是当时偏安一隅的割据小政权。同时，高启和其他文人目睹了张、朱两家为争夺天下而给百姓带来的连绵战火与民不聊生的惨痛现实，这种动乱之世的伤痛对高启的政治热情造成了很大冲击，在他的诗文中，多有对现世的同情和愁云惨雾般的自怜自伤情绪。

明初由于文字狱，文人创作诗文大多为怀旧题材，怀念往昔，悲悼自己曾失去的生命自由。高启的这首五言律诗《岳阳楼》便是一首典型的登临吊古怀旧之作。诗人徜徉山水间，但诗歌整体基调昂扬乐观，并非宣泄愤世嫉俗的小我情感，而是以对范仲淹“先天下之忧而忧，后天下之乐而乐”的儒家忧乐思想的敬仰为底色，境界阔大，别开生面。

首联“来登岳阳楼，朗诵范公记”，诗人直奔主题，将写景与叙事相结合。他登上岳阳楼，并朗诵范仲淹的《岳阳楼记》。这既交代了诗歌的写作背景，也暗示了诗人对范仲淹的敬仰追慕之思，充满了积极的入世情怀，而非凄清困苦的遗民心态。据此也可以推测，这首诗应作于他人生的前期，也就是入明之前。

颔联“形胜一览收，心神皆妙思”，诗人登上岳阳楼远眺，天地洪荒在洞庭湖里运行，四周无边水域空阔茫茫，所有阔达景象尽收眼底，字里行间散发出奋励当世的高情远志。这里诗人的精神活动当有所指向，而非一般的泛泛之言。

颈联“达观万物情，洞识无我意”，转过笔墨，就天地宇宙之无穷从容道来，联想到自己不过是天地中的匆匆过客，而这世界的兴衰穷达似乎瞬间被看透。一方面天地万物皆有情；另一方面，一切都将化作烟尘幻梦，如同滚滚而逝的流水一去不复返，客观叙述里充满了颇具深心的哲理，盛衰巨变、生计艰难等种种复杂的难言之情似乎深蕴其中。不过，说诗人得到了真正的超脱还值得商榷，此联内容格外耐人寻味。

尾联“廊庙与江湖，常怀忧乐志”两句诗意昂扬，显示了作者纯熟的写作技巧。天下文人士大夫登临岳阳楼，谁又能绕开范公，不被他内心深植的儒家家国情怀打动呢？无疑诗人登楼追古，在情绪上也受到了深深的感染。此句有深化人物形象和升华主题的妙处，他明写范公，实则以明心志。虽然高启有叹人生穷达的感慨，有江山易主的伤痛，但没有半分怀才不遇之感，这正是高启的脱俗之处与清雅气象，不负平生壮志的豪迈之情，殆非虚言。诗人认为，无论是身处庙堂之高还是江湖之远，都应该心怀忧国忧民之志，至此，诗人旷达超凡的胸襟得到了充分表现。

登岳阳楼

[清]赵　翼

水落湖光似镜平，倦游人过岳阳城。
愧无忧乐关斯世，拟学神仙了此身。
壮气漫吞云梦泽，微才敢附杜陵名。
湘灵鼓瑟何心听，或许相逢老树精。

赵翼（1727—1814），字云崧，号瓯北，别号三半老人，出生于江苏阳湖（今江苏省常州市），清代文学家、史学家、诗人。他与袁枚、张问陶并称清代性灵派三大家。所著《廿二史札记》与王鸣盛的《十七史商榷》、钱大昕的《二十二史考异》合称清代三大史学名著。

赵翼的童年是在贫困与书香中度过的。他自幼随父读书，十二岁便能一日成七艺，其才情令乡邻赞叹不已。然而，命运多舛，他十五岁时，父亲的离世让家庭的重担过早地落在了他的肩上，他以教书为生，肩负起养育弟妹的责任。这份早年的经历不仅磨砺了他的意志，也滋养了他对世间百态的深刻洞察，为他日后的文学创作奠定了坚实基础。

乾隆二十六年，赵翼高中进士，从此步入仕途，历任广西镇安知府、顺天武举主考官、广州知府等职。在官场上，他既展现了卓越的行政才能，又不失文人的风骨，为百姓做了许多实事，赢得了“循吏”的美誉。然而，官场的尔虞我诈、世态的炎凉也逐渐让他心生厌倦。晚年，他以老母年高为由，告假回乡，过上了隐居生活，将更多精力投入诗歌创作与史学研究中，实现了从官场到文坛的华丽转身。

在诗歌创作方面，赵翼主张性灵派的诗学风格，以真性情写自然之景，追求天人合一的闲适雅趣。此外，他的诗歌中也不乏关注国计民生的现实题材，对黎民百姓的苦难生活饱含同情，穿梭在民居深巷之间，既写山水，也写生命足迹，表现了对自然的敏锐观察力和对人生的深刻体验。

《登岳阳楼》便是赵翼在外放任职期间登临名胜、有感而发之作。这首诗不仅是诗人对岳阳楼壮丽景色的描绘，更是他内心情感的抒发与人生哲学的思考，通过诗歌，我们也能感受到诗人浓浓的归隐之念。

首联“水落湖光似镜平，倦游人过岳阳城”，诗的开篇，赵翼以简练而富有画面感的笔触勾勒出一幅宁静祥和的湖光山色图。湖面如镜，不仅映照着天空的澄澈，也映照出诗人内心的平静与淡淡的哀愁。“倦游人过岳阳城”一句中，一个“倦”字透露出游子羁旅在途的疲惫与孤独，一切景语皆情语，所望之景、览物之情正是诗人幽独情怀的移情外现。

颔联“愧无忧乐关斯世，拟学神仙了此身”，诗人直抒胸臆，虚实相生，深感自己在强烈的现实面前无能为力，从赵翼的为官经历来看，他任京官的时间居多，相对其他怀才不遇的文人来说，其仕途已算平坦，诗人却说自己想去学世外神仙，这里或有逃避现实的意味，也可理解为诗人不慕世俗荣华，满纸清气，不落凡俗。

颈联“壮气漫吞云梦泽，微才敢附杜陵名”，诗人以迥拔流俗的诗笔，倾吐此刻站在岳阳楼上，远望洞庭湖空旷无际，心底涌现孟浩然“气蒸云梦泽”的凌云气象，如状眼前，他自比杜甫，虽然谦虚地自认为才华有限，但仍希望能在文学上有所建树，此时诗人的心境应是舒展而进取的。

尾联“湘灵鼓瑟何心听，或许相逢老树精”，诗人的笔触再次转向超脱与幻想。他无心聆听湘灵鼓瑟的仙乐，只愿与老树精为伴，这种奇特的想象既表现了他对世俗事务的厌倦，也体现了他对自然与自由的向往。他不愿再闻政声政事，意志略显消沉，但诗人几十年遍历宦海风波浮，对世事世情心生厌倦也是人之常情，诗人在此并没有自命通达，自许高雅，也正好体现了他旷达无羁的洒脱、悠然自得的逍遥。在赵翼看来，与其在官场的泥潭中挣扎，不如回归自然，与山川草木为友，享受那份难得的宁静与自在。

登岳阳楼

[明]杨 溥

九水来春涨，洪流挟巨川。
楚天同浩荡，衡岳任回旋。
飞鸟晴云外，归舟落日边。
白头重历览，忧乐仰先贤。

杨溥（1372—1446），明朝著名政治家兼文人贤相，今湖北石首人。因杨溥与杨士奇、杨荣同朝辅政，共辅成祖、仁宗、宣宗、英宗四代君王，故被合称为“三杨”，而杨溥因居处南方，更被尊称为“南杨”。这三位不仅在政坛上留下了深刻印记，更是明代“台阁体”诗歌的领军人物。由于他们三人官高位显，追随者众多，其诗文秉持“文以载道”理念，风格平易晓畅，风靡一时，影响长达百年之久，深刻塑造了明代前期的文学风貌。

杨溥自幼便展现出超乎常人的智慧与勇气。相传，当他的父亲因公事被无辜牵连入狱时，年幼的杨溥没有选择坐以待毙，而是独自一人前往县衙，以稚嫩却坚定的声音向县官求情。面对这位小小少年的非凡勇气，县官心生怜悯，决定以对联考验其才学：“四口同图，内口皆由外口管。”杨溥略一思索，便对出了下联：“五人共伞，小人全仗大人遮。”这不仅对仗工整，更巧妙地奉承了县官，展现了其过人的机智与应变能力。县官被其才华与镇定所打动，最终释放了杨溥的父亲。这一事件不仅是对杨溥个人智慧的肯定，也预示着他未来不凡的人生道路。

杨溥曾连夜坐船前往荆州参加府试，当他看见一位老人衣衫单薄，坐在船头任凭寒风吹打，连忙将自己舒适的座位让给了老人。他坐在船头，在江涛的拍打声中思绪万千，当即赋诗一首：“船中不敢坐，暂且坐船头。渔火燃将灭，滩声响未休。君亲常在念，忠孝两难酬。时值晴无雨，民穷重我忧。”从这首诗中可见杨溥从小便聪明机警，观察事物入微，且关心民生疾苦，将家国天下的责任感扛在肩头。

杨溥的诗歌兼善各种题材，写了许多雅俗共赏、清新自然的作品，这首五言律诗《登岳阳楼》便是其中一首佳作。

首联“九水来春涨，洪流挟巨川”，起笔便从宏观的角度俯视岳阳楼的阔大气象，春水滔滔，波涛汹涌滚滚向前。此句不仅展现了自然景观的雄浑，更暗含杨溥对自身抱负的隐喻——像他这样的俊杰，自比管仲、乐毅等历史贤相，对前景有着更加高远的期许，也是对世上所有英雄事业的一种肯定。

颔联“楚天同浩荡，衡岳任回旋”，诗的开篇便以宏大的视角描绘了岳阳楼下春水滔滔、波涛汹涌的壮丽景象。杨溥以此自比，表达了他对历史贤相管仲、乐毅等人的仰慕，以及对未来充满的高远期许。这不仅是对自然景观的描绘，更是对英雄事业的颂扬，展现了杨溥的豪情壮志。这里的“浩荡”和“回旋”极言湖水之悠长浩瀚，水穷云起，易生千古兴衰幽情，但词句节奏鲜明迅疾，格调高远开阔，意境雄浑博大，充满了建功立业的豪情壮志，令人感奋。

颈联“飞鸟晴云外，归舟落日边”，诗人将视线转向了远方，飞鸟在晴云之外自由翱翔，归舟在落日之边缓缓驶来，画境宁静祥和。用“浩荡”与“回旋”两词生动展现了自然界的壮美与和谐。飞鸟象征着自由与无拘无束，归舟则代表着归宿与安宁，此情此景此境表现了诗人对赏心乐景的眷恋和珍惜之情。

尾联“白头重历览，忧乐仰先贤”，诗人将思绪拉回现实。岁月不饶人，诗人已经白发苍苍，年在桑榆，再次登上岳阳楼，仰望先贤，回首往事，不禁心绪缥缈，思索着人生的得与失，感慨万千。对杨溥来说，他的一生都在为民请命，为国分忧，只恐年岁之不与，更多的理想事业未竟，他登楼所追觅的、心中所系的仍是那些已风流云散的俊达先贤所留下的奋斗的足迹和心忧天下的家国情怀。或许只有杨溥这样的朝廷重臣才更有切身感受，倾吐出如此旷达雄阔的诗句来。

潇湘八景图·洞庭秋月

［明］朱瞻基

洞庭秋水清彻底，岳阳城头月初起。
巴山落影半湖阴，金波倒浸芙蓉翠。
须臾素景当瑶空，寒光下烛冯夷宫。
云梦微茫冰鉴里，沅湘浩荡玉壶中。
霜华初飞风浪息，万籁无声夜方寂。
仿佛湘灵汗漫游，虹桥直跨天南北。
但见鸥汀与鹭洲，折苇寒莎带浅流。

缟衣纶巾湘中老，高歌取醉岳阳楼。
回看月下西山去，湖水悠悠自东注。
洞庭咫尺西南陬，赤岸银河万里秋。

明宣宗朱瞻基（1398—1435），明仁宗朱高炽之子，明朝第五位皇帝，书画家，尤其擅长花鸟画。朱瞻基自幼聪明伶俐且喜欢读书，深得朱棣喜爱。据史书记载，他的出生具有神秘色彩。其出生的那天晚上，祖父燕王朱棣做了一个梦，梦到朱元璋赐给他一个大圭，此圭上写着“传之子孙，永世其昌”八个大字。在古代，圭代表着权力。朱棣认为这个梦有着吉祥寓意，此时忽然有人报告说孙子朱瞻基降生了。朱瞻基满月时，朱棣看到他满面英气，很符合梦中的情景且长得很像自己，自此对这个皇孙更是宠爱有加。

朱瞻基从小被成祖朱棣当作继承人来培养，朱棣特命靖难之役的第一功臣姚广孝作为他的第一任老师。姚广孝精通佛、道、儒、兵诸家之学，不仅是个文武双全的治国能臣，还极富艺术才华，能诗善画。他曾喜欢游历四方，结交文人雅士，并与解缙等人编写《永乐大典》，他对朱瞻基起到的潜移默化的影响是全方位的。

朱瞻基作为一代帝王，所读之书多为精进为政之道的儒家经籍，留下的诗歌作品很少，他的《潇湘八景图·洞庭秋月》更像一首题画诗，以丰赡多变的笔墨、深邃的意境、瑰丽的想象为我们铺陈出一幅秋夜洞庭的绝美画卷。

前两句“洞庭秋水清彻底，岳阳城头月初起”，开篇即点明时间和地点，以“清彻底”三个字生动地描绘了洞庭湖秋水的澄澈与深邃。岳阳城头的月亮初升，为整首诗定下了宁静而神秘的基调。

“巴山落影半湖阴，金波倒浸芙蓉翠”之句以富贵秾丽的皇家色彩，渲染了洞庭湖黄昏时分的景色：巴山的倒影映在湖面上，光影变幻，金色波光点点闪烁，营造了一种如梦似幻的迷离氛围，引人遐想。

中间部分“须臾素景当瑶空，寒光下烛冯夷宫。云梦微茫冰鉴里，沅湘浩荡玉壶中”，用词繁富华艳，描绘了月光照耀下洞庭湖多姿多变的情态。月光如素景般洒满天空，寒光照亮了水神冯夷的宫殿。在月光的映照下，云梦泽显得微茫而朦胧，仿佛置身冰鉴之中；在月光的照耀下，沅水和湘水浩荡流淌，宛如置身玉壶之中。这一联通过巧妙的比喻和丰富的想象，将洞庭湖的月夜之美推向了高潮。

诗歌后半部分“霜华初飞风浪息，万籁无声夜方寂。仿佛湘灵汗漫游，虹桥直跨天南北。但见鸥汀与鹭洲，折苇寒莎带浅流。缟衣纶巾湘中老，高歌取醉岳阳楼”以更加细腻的笔触描绘了洞庭湖月夜的静谧与寂寥。霜花初飞，风浪平息，万籁俱寂，整个世界仿佛沉浸在了这片刻的宁静之中。“回看月下西山去，湖水悠悠自东注。洞庭咫尺西南陬，赤岸银河万里秋”，字字句句雍容娴雅，充满了富贵之气，这在众多描写岳阳楼与洞庭湖的诗句中是不可多见的，具有明丽清俊的特色。

朱瞻基以华美的笔触描绘了洞庭湖月夜的静谧与寂寥：霜花初飞，风浪平息，万籁俱寂；仿佛湘水之神在月夜中漫游，鸥鸟栖息的汀洲和鹭鸟栖息的沙洲在月光下若隐若现，芦苇在风中轻轻摇曳；一位身着白衣、头戴纶巾的老者在岳阳楼上高歌畅饮，沉醉于这美妙的月夜之中，像极了美丽的神话传说中的人物。此刻，作者似乎正站立岳阳楼上，眺望远方，月色西沉，流水悠悠，道尽了朱瞻基与其父所开创的“仁宣之治”所带来的海晏河清、歌舞升平的盛世气象。

登岳阳楼

[明] 刘大夏

巍楼百尺势崔嵬，三面临波户牖开。
水底有天先得月，阶前无地不生埃。
雁拖秋色入云去，龙转潮声送雨来。
拟读希文后乐记，笑将衫袖拂碑苔。

刘大夏（1436—1516），字时雍，湖广华容人。他以清廉笃实、经国之才著称，为官四十余年，历仕四朝，人品、文品、官品俱优，为国家立下赫赫功勋。

天顺六年（1462），刘大夏一举夺得湖广乡试第一，两年后登进士第，选庶吉士，这本是他步入仕途的辉煌起点。然而，为了惠及于民，他主动放弃了进入翰林的机会，选择外补为吏，这一决定体现了他对民生的深切关怀和对官场的清醒认识。此后，他历任兵部职方主事、福建右参政、广东右布政使、浙江左布政使、兵部尚书等职，无论在哪个岗位上，他都以清廉笃实、勤勉尽责著称。

然而，刘大夏作为实干能臣，仕途之路亦曲折多舛。正德三年（1508），刘大夏遭阉党刘瑾迫害，被发配至肃州。对他来说，这段经历是一次沉重打击，但也是他坚韧不拔、不屈不挠精神的体现。幸运的是，后来刘瑾被诛，刘大夏得以官复原职。但因年老体衰，他不再被起用，最终卒于家中，谥号“忠宣”。这短短的两个字是对他一生清廉笃实、忠于国家的最好概括。

刘大夏历仕四朝，清廉笃实，有经国之才，人品、文品俱优，为国家立下赫赫功勋。刘大夏不仅政治才能高超，文学创作才能也毫不逊色。他与当时茶陵派领袖、台阁重臣李东阳等人交往密切，其文学创作早期言辞华美，后期晓畅简洁，折射出明中期士人的精神世界。

刘大夏的《登岳阳楼》一诗以雄浑壮丽的笔触，生动描绘了岳阳楼的巍峨气势与周边的壮丽景色，抒发了诗人对先贤的敬仰与对自然的热爱之情。整首诗灵秀清新，意境深远，韵味悠长，读来令人心潮澎湃，叹为观止。

首联“巍楼百尺势崔嵬，三面临波户牖开”，开篇两句，诗人以简练而有力的笔触，将岳阳楼的雄伟壮观展现得淋漓尽致。百尺高楼，气势崔嵬，仿佛直插云霄，给人一种震撼之感。而“三面临波户牖开”则进一步描绘了岳阳楼独特的地理位置，三面环水，屏障天然，既展现了其作为兵家必争之地的战略地位，又凸显了其作为风景名胜的独特魅力。

颔联“水底有天先得月，阶前无地不生埃”，诗人巧妙地运用了对仗手法，将岳阳楼的景色描绘得如诗如画。“水底有天，先得月色”，形象地描绘了湖水清澈如镜，倒映着天空的景象，仿佛整个世界都被这清澈的湖水所包容。而“阶前无地不生埃”则表达了岳阳楼地处繁华之地，却也能保持清净无尘的难能可贵，这不仅是诗人超凡脱俗品格的一种剖白，也是他对理想境界的一种追求。

颈联“雁拖秋色入云去，龙转潮声送雨来”，诗人用细腻的笔触描绘了岳阳楼周围气象万千的景象。大雁南飞，潮水涌动，声如龙吟，仿佛在为这寂寥的秋日增添一份力量与激情。这两句诗不仅深化了登临怀古悲秋的寂寥心情，还展现了自然界中变幻莫测的美景，令人惊叹不已。

“拟读希文后乐记，笑将衫袖拂碑苔。”尾联两句，诗人以范仲淹《岳阳楼记》中的忧乐情怀为引，表达了对先贤达则兼济天下的儒家政治理想的敬仰与追随。范仲淹在《岳阳楼记》中提出了“先天下之忧而忧，后天下之乐而乐”的著名论断，而刘大夏在此表示自己愿意追随先贤的脚步，以民为先、以国为重。他回顾自己一生的仕途经历与为民为国的心路历程，以优异的政绩和清廉的官声为人生交上了完美的答卷，诗中所写字句便是他一生最真实的写照和心声。

岳阳新楼

［明］李东阳

突兀高楼正倚城，洞庭春水坐来生。
三江到海风涛壮，万木浮空岛屿轻。
吴楚乾坤天下句，江湖廊庙古人情。
中流或有蛟龙窟，卧听君山笛里声。

李东阳（1447—1516），字宾之，号西涯，湖广茶陵（今湖南茶陵县）人，进士出身。

李东阳自幼便展现出非凡的文学天赋，进士及第后，仕途顺遂，历任吏部尚书、华盖殿大学士、少师兼太子太师，成为弘治、正德两朝不可或缺的内阁重臣。

他的一生不仅在官场上稳步晋升，更在文学领域精耕细作。李东阳是明代前中期的诗坛巨擘，他以台阁重臣的身份引领文坛，连接了三杨“台阁体”与复古“前后七子”，为明代诗歌的繁荣与发展搭建了桥梁。李东阳诗才不凡且喜奖掖后进，对年轻文人士子不吝举荐，他周围聚集了一大批诗风相近、志同道合的文士，形成了“茶陵派”，在明代文坛上留下了深刻的印记。李东阳反对江西诗派“以才学为诗”的偏向，倡导回归诗歌的本质，崇尚杜甫诗歌的平淡自然，同时不忽视字句的精心锤炼。他的《怀麓堂诗话》不仅是对自己诗歌理论的总结，也是对后世诗人的指引。

明武宗正德年间，以刘瑾为首的宦官专权，朝廷纲纪败坏，清流文臣大多受到政治迫害，人人自危。李东阳作为托孤重臣，周旋于刘瑾等宦官之间。他为人温和、严于律己、圆融通达，是明代难得一见的未陷入黑暗政治党争的宰辅大臣，保持了清流忠直之士的节操。李东阳的诗歌文采风流，雅俗共赏，其创作往往融入了个人政治立场，兼顾圆融和谐与自然精工，一生试图在仕与隐中寻求平衡，身处山林未尝不以庙堂为念，关心民生疾苦，感发心志，言己心声。七言律诗《岳阳新楼》正是李东阳置身闲适悠远的山水之中，抒发个人情绪，展露自然兴致，身心俱向空灵的山水之作。

首联“突兀高楼正倚城，洞庭春水坐来生”，诗人开篇即点明岳阳楼的地理位置，高楼突兀而起，紧靠着城墙，而洞庭湖的春水则仿佛因楼的存在而涌起。这里的“坐来生”三个字巧妙地将岳阳楼与洞庭湖融为一体，赋予了静态的景物以生命力，让人感受到大自然的勃勃生机，使得整个画面生动而富有动态感。

颔联“三江到海风涛壮，万木浮空岛屿轻”，诗人以宏大的笔触描绘了三江汇流、海风激荡的壮观场面，以及万木葱茏、岛屿轻盈的自然美景。这一联不仅展现了岳阳楼周边自然景观的壮美，也显露了诗人放眼大好河山，对广阔天地的热爱，将生命逸兴寄托天地万物的豪兴，体现了其豪迈的胸襟和超脱的意境。

颈联“吴楚乾坤天下句，江湖廊庙古人情”，诗人将笔触转向了对历史与文化的思考，他化用杜甫《登岳阳楼》“吴楚东南坼，乾坤日夜浮”之句，状写岳阳楼冠绝古今的气势。接着又化用范仲淹《岳阳楼记》，此文所承载的忧乐思想已成后来文人士大夫积极入世的精神标杆，此二句蕴藏着无尽的诗意与儒家仁爱天下的价值观。

尾联“中流或有蛟龙窟，卧听君山笛里声”，诗人以想象的手法描绘了岳阳楼中可能存在的神秘景象。中流之处或许有蛟龙的巢穴，而君山之上则传来悠扬的笛声。这里的“卧听”二字表达了诗人对岳阳楼壮丽景色的沉醉与享受，打破了寄情山水之作慨叹欢情已逝、孤怀难遣的窠臼，境界宏阔高远，独为杰出。

岳阳楼（其二）

［明］杨一清

百尺高楼倚碧空，乾坤登眺几人同。
眼前忧乐谁无意？天下江山此最雄。
孤棹影冲烟浦外，浩歌声在水云中。
东流万里终归海，不尽狂澜砥柱功。

杨一清（1454—1530），字应宁，号邃庵、石淙、三南居士，云南安宁人，明代著名内阁首辅。据谢纯《杨公一清行状》记载："天顺庚辰，父致仕，携公便道访前母刘氏，家于巴陵。"即公元1460年，年仅六岁的杨一清随父亲定居巴陵。这段短暂却深刻的童年时光为他日后的文学创作埋下了伏笔。巴陵的山水之美、人文之韵不仅滋养了他幼小的心灵，也激发了他对文学的热爱。八岁那年，他离开巴陵，踏上前往京都的求学之路。凭借聪颖绝伦的天赋，经书过目成诵且不忘文义，杨一清很快便在京城翰林院崭露头角，被誉为神童。14岁中举人，18岁进士及第，出任中书舍人。

杨一清的前半生主要在京城翰林院度过，这里群英荟萃，是他文学启蒙与政治抱负的双重摇篮。在此期间，他不仅增进了学识，还结识了许多达官显贵和文人雅士，与李东阳就是在翰林院相识，并成为一生挚友。尽管早期留下的诗文作品不多，但任中书舍人时期创作的六十余首诗歌已初露锋芒，展现出他积极入世、建功立业的壮志豪情。他深知，"近名固可耻，无闻亦虚生"，既不主张单纯追求虚名，也不主张默默无闻，认为要闻名于世，就必须有所作为。然而，在仕途顺畅的同时，杨一清内心深处始终保留着对山水美景的眷念与热爱，不少诗歌流露出对隐居生活的向往，这种情感从山水审美角度在其作品中得到了淋漓尽致的体现。巴陵的山水记忆潜移默化地影响了他诗歌中情景交融的创作风格，让其作品既有雄浑气魄，又蕴含细腻情思。

他所创作的七言律诗《岳阳楼（其二）》是一首登临岳阳楼写景抒怀之作，词句精心锤炼，将眼前景、心中情化合成一种气势雄浑、沉郁苍凉的意境。

首联“百尺高楼倚碧空，乾坤登眺几人同”，开篇即描写了岳阳楼的雄伟壮观。百尺高楼直插云霄，与碧空相依偎，形成一幅壮观阔达的画面。诗人登楼远眺，感叹能够欣赏到如此美景的人寥寥无几，突出了岳阳楼作为世间名楼，吸引无数文人骚客前来凭吊欣赏的独特历史地位与非凡魅力。

颔联“眼前忧乐谁无意？天下江山此最雄”，诗人站在岳阳楼上，眼前是浩渺的江水和壮丽的山川，认为岳阳楼是天下最雄伟壮观的楼阁，绝非虚言。登临岳阳楼的人无不被它积极入世的文化底蕴所倾倒，它激励无数文人墨客不为荣利所动，心忧天下的精神气质感染了一代又一代前来登楼吊古之人。

颈联“孤棹影冲烟浦外，浩歌声在水云中”，诗人描绘了一叶孤舟在烟波浩渺的江上穿行，船影若隐若现，而远处传来的浩渺歌声仿若在水云之间回荡，给人一种空灵而悠远的感觉。远浦归帆、渔歌问答是登临岳阳楼常见的风景，却触发了诗人逍遥于山水间的归隐之思。

尾联由雄伟之景转入抒怀，“东流万里终归海，不尽狂澜砥柱功”，诗人以江水东流比喻人生起伏和家国兴衰，他俯瞰岳阳楼及周围美景，感叹江水虽然澎湃汹涌，但最终还是会汇入大海，这正如人生的起起落落，总有那些坚如砥柱的力量在支撑着家国天下的繁盛发展。这里的“砥柱功”既是诗人对国家尽忠效力的责任感，也是他对积极建功立业、留名青史的渴望。从这一点来看，杨一清并非真正向往归隐，而是希望在仕途与山林之间找到一种平衡，既能为国家鞠躬尽瘁，又能保持内心的宁静与自由。

杨一清的一生是仕途顺畅与文学成就并重的典范。《岳阳楼（其二）》不仅展现了他作为政治家的胸怀与智慧，更体现了他作为文学家的才情与追求。在这首诗中，我们看到了杨一清对岳阳楼壮丽景色的赞美、对家国天下的深深忧虑，以及对心灵自由与建功立业的双重向往。他用自己的笔绘制了一幅心灵与自然和谐共生的壮美画卷，为后世留下了宝贵的精神财富。在杨一清的诗行里，我们不仅能感受到他对自然的热爱，更能体会到他在仕途与隐逸之间寻求平衡的深刻思考。这份对生命意义的探索至今仍能触动每一个读者的心灵。

巴　陵

［明］唐　寅

巴陵城西湖上楼，楼前波影涵清秋。
数点征帆天际落，不知谁是五湖舟。

唐寅（1470—1524），字伯虎，后改字子畏，号六如居士、桃花庵主，南直隶苏州府吴县人。这位明代著名画家、书法家、诗人以才华横溢、命运多舛的一生，给后世留下了丰富的文化遗产和无尽的遐想。其人生轨迹如同一幅跌宕起伏的画卷，让人在欣赏其艺术成就的同时，也不禁为其命运而感慨。

唐寅的祖籍在晋昌（今山西晋城），晋昌唐氏曾是名门望族，在南迁之前，家族显赫一时。唐寅在作画时，时常落款“晋昌唐寅”，这不仅是对家族身份的认同，更是对那份曾经辉煌的自豪感的流露。然而，到了唐寅这一代，家族已不复往日荣光，祖上三代单传，人丁稀薄。唐寅的父亲唐广德因科举不利，弃儒就商，在吴地经营起一家酒馆。明代十分重视科考，受儒家求取功名价值取向的影响，大多读书人渴盼读书仕进，而唐广德也希望儿子通过科举之路加官进爵，光宗耀祖。

在这样的家庭环境下，唐寅自幼便背负起了光宗门楣的家族责任。他成长于市井之间，却并未被世俗的喧嚣所迷惑。少年时期，他除了帮助父亲打理酒馆外，便闭门读书，刻苦钻研，为求取功名做准备。祝允明在《唐子畏墓志铭》中记载：“子畏不然，幼读书，不识门外街陌，其中屹屹，有一日千里气。”虽然“不识门外街陌”略显夸张，但足以说明唐寅对读书的痴迷程度，以及他内心深处那份对家族责任的坚守。

唐寅一身才华，年少成名，在吴中地区声名鹊起。他十六岁中苏州府试第一，二十八岁中南直隶乡试第一，次年入京应战会试，却因科举案受牵连入狱，被贬为吏。此次事件后，唐寅无意仕进，浪荡江湖，逍遥山水间，以写诗作画为伴，终成一代名画家。但放荡不羁而率真张扬的个性也带给他诸多命运的坎坷。

在绘画上，唐寅与沈周、文徵明、仇英并称“吴门四家”（或“明四家”），其画风独特，深受后人喜爱。在诗文上，他与祝允明、文徵明、徐祯卿并称“吴中四才子”，他们性格相投，趣味相近，常常相约游览吴中美景，举杯畅饮，谈诗论画，亦师亦友，共同谱写了那个时代文学艺术的辉煌篇章。

唐寅的《巴陵》一诗，笔触空灵飞动，语言清新自然，为我们描绘了一幅洞庭湖畔秋日的美丽画卷，不仅展现了洞庭湖烟波浩渺的自然风光，更寄托了诗人内心的人生感受与思索，令人流连忘返。

首句“巴陵城西湖上楼，楼前波影涵清秋”描绘了岳阳楼前的风光，波光粼粼的湖面倒映着秋天的清澈与宁静。这里的“清秋”二字既指凉爽的秋风，也暗示了诗人内心的淡泊与宁静。诗人仿佛与烟霞为友，脱形物外，身心得到了短暂的闲暇与逍遥。

“数点征帆天际落”，片片孤帆随流水消逝天际，渲染了迷雾遮前程的无尽孤独之感。诗人如同芸芸众生中孤身浮游的行人，流落行途，写尽了久经人世沧桑的飘零之感。最后一句“不知谁是五湖舟”更是意味深长。这里以范蠡功成身退、泛舟五湖的典故为喻，抒发了诗人对仕途进退的感慨。范蠡能够在功成名就之后选择归隐江湖，过上逍遥自在的生活，这无疑是许多文人墨客心中的理想。然而，在纷繁复杂的世界中，究竟谁能够找到真正属于自己的五湖舟呢？在这里唐寅不仅表达了对仕途的失望和迷茫，也流露出对纷扰世事的无奈和困惑。他渴望找到属于自己的那片桃源乐土，却也知道这并非易事。

水调歌头·题岳阳楼图

[清] 纳兰性德

落日与湖水，终古岳阳城。登临半是迁客，历历数题名。欲问遗踪何处，但见微波木叶，几簇打鱼罾。多少别离恨，哀雁下前汀。

忽宜雨，旋宜月，更宜晴。人间无数金碧，未许著空明。淡墨生绡谱就，待倩横拖一笔，带出九疑青。仿佛潇湘夜，鼓瑟旧精灵。

纳兰性德（1655—1685），原名成德，字容若，号楞伽山人，满族正黄旗人。出身贵胄，为武英殿大学士明珠长子，文武双全，娴于经史，尤善填词。康熙十五年中进士，任御前侍卫之职，后因病去世，年仅三十岁。

纳兰性德作为清代词坛大家，是后世读者最喜欢的词人之一。其词哀感顽艳，情真意切，字字堪称绝调，直击人心。他被誉为“千古伤心”词人，不仅因为他在爱情词、悼亡词上的卓越成就，更因为他那独特的“情伤”特点，使得每一首词都凄婉清丽，缠绵婉约，读来令人不忍卒读，感泣而下。王国维曾高度评价他：“北宋以来，一人而已。”著有《通志堂集》《侧帽集》《饮水词》等作品。

在纳兰性德的众多词作中，题画词无疑是一个重要门类。它不同于传统的咏史、悼亡、边塞题材，而是以一种全新的视角和笔触，开拓了词境的新天地。似作于康熙十九年（1680），此时性德二十六岁，这首词以手书扇面的形式存世，寄给了远在湖南的张见阳，成为两人深厚友谊的见证。性德寄见阳第二十九简云：“来扇并粗箑写奇，笔墨芜率，不足置怀袖间。”

词的开篇“落日与湖水，终古岳阳城”，词人以简洁明快的语言勾勒出了落日余晖映照下的洞庭湖湖水波光粼粼的画面。而岳阳城历经千年风雨沧桑，风韵更胜从前，这不禁让人感慨时间的无情与自然的恒久。

“登临半是迁客，历历数题名”，词人笔锋一转，感慨那些曾经登临岳阳楼的迁客骚人，他们大多因政治失意而被贬谪至此，也见证了岳阳楼的风云变幻。如今，那些饱含心酸的乡关之思与怨尤之情已随浮云流水散去，只留下淡淡的痕迹供后人凭吊。

“欲问遗踪何处？但见微波木叶，几簇打鱼罾。”词人细腻入微地描摹了微波荡漾的湖面上漂浮着几片木叶，几簇渔网静静地躺在水面上的景象，流露出沧桑落寞之感。感怀人生苦短，想要浪迹云水间大概是许多文人士大夫向往超凡脱俗的自在生活的缘故。身世显赫的贵族公子纳兰性德视荣华富贵为枷锁累赘更甚于常人，他的词渲染了一种往事如烟、人生如梦的伤感氛围。

“多少别离恨，哀雁下前汀”，词人以哀雁为喻，表达了对人生中无奈离别的深深哀愁。这不仅是迁客骚人的心声，也是纳兰性德内心情感的真实写照。他的词作充满了对离别的痛楚和对逝去时光的怀念，这也是纳兰词典型词风的一种体现。

词的下阕“忽宜雨，旋宜月，更宜晴”，词人阐述：无论是雨天、月夜还是晴天，岳阳楼四时各美其美。这种美既来自自然的恩赐，也来自数代人文的积淀。“人间无数金碧，未许著空明”，词人以金碧辉煌的人间景象与岳阳楼的空明之美形成对比，突出了岳阳楼超凡脱俗的气质。在词人眼中，岳阳楼不仅仅是一座建筑，更是一种人文精神的象征。

“淡墨生绡谱就，待倩横拖一笔，带出九疑青”，词人通过轻描淡写之笔触便勾勒出了岳阳楼的轮廓。而那一笔横拖更是将远处的九疑山带入画中，使得整个画面更加生动和立体。“仿佛潇湘夜，鼓瑟旧精灵”，词人在结尾处，以潇湘夜雨的迷离氛围和“湘灵鼓瑟”的典故，直接将外界景物与内心情思连接起来，似乎是词人面对此“画”，沉沦在一番悲思之中，暗暗回忆往事，读来令人百感交集，黯然神伤。

岳阳楼（其一）

［明］袁中道

四望白无极，封天雪未销。
始惊三楚地，欲辨九疑遥。
水气澄炎国，涛声接海潮。
君山在咫尺，鞭石好成桥。

袁中道（1570—1626），字小修，号凫隐居士、紫柴居士，湖广公安（今属湖北）人。袁中道为“公安三袁”中的幼弟，与兄袁宏道、袁宗道并称“三袁”，是晚明“公安派”代表人物之一。

晚明时期，公安派反对“前后七子”的拟古风气，主张文学应独抒性灵，发乎真情，这一主张在当时文坛上掀起了波澜，影响深远。

袁中道的一生是科举挫折与山水漫游交织的传奇。与两位科举顺遂的兄长不同，他屡次落第，青壮年岁月在“落榜、栖隐、漫游、再试、再落榜”的循环中度过。然而，正是这些挫折铸就了他豪放不羁的性格，也让他转向了山水的怀抱，寻求心灵的慰藉。他的足迹遍布天下，交游广泛，其人其文都受到了人们热烈追捧。他的创作以散文见长，游记、日记、尺牍各有千秋，展现了他丰富的情感世界和独特的艺术风格。

钱谦益在《列朝诗集小传》中谈及与袁中道的交游经历，对他的诗文给予了高度评价：“有多才之患，若游览诸记，放笔芟薙，去其强半，便可追配古人。”尽管指出了袁中道为文有时显得纤弱，但“追配古人”的评价无疑是对他作品的高度认可。

万历三十六年（1608）秋，袁中道带着对家乡的思念和对未来的憧憬，从北京回到了湖北。他先后游览了湖南澧州、德山、桃源等风景名胜，每一处都留下了他深情的足迹。次年，他更是在沙市购买了一艘木船，取名“帆凫”，带着书籍、字画，顺长江而下，开始了他的山水漫游之旅。他怀华容古道，登洞庭君山，吊赤壁古战场，每一处都激发了他无尽的诗情画意。

正是在这段漫游的时光里，袁中道创作了这首五言律诗《岳阳楼》。对于他而言，岳阳楼不仅仅是一座闻名已久的楼阁，更是他心灵深处情感的寄托。他站在岳阳楼上，望着那声接海潮的洞庭水，心中的烦闷之情仿佛被这浩渺的湖水冲刷得一干二净。

“四望白无极，封天雪未销。”诗的开篇，袁中道便以宏阔的视野将我们带入了一个白雪茫茫、望不到边的世界。湖面上的白雪与天空相连，仿佛整个世界都被白雪覆盖，营造出一种严冬的寒冷与沉寂的氛围。这不仅仅是对自然景象的描绘，更是诗人内心苦闷悲伤、孤独迷茫的真实写照。

颔联“始惊三楚地，欲辨九疑遥”，从岳阳楼的自然景观转入人文思考。岳阳楼是从三国时期延续下来的千古名胜，位于古三楚之地，历史悠久，文化厚重。触动诗人心弦的岂止是放眼望去的高山流水，自范仲淹忧乐文化在此扎根以来，千百年的庙堂与江湖之叹铸就了岳阳楼的文化精魂。

颈联“水气澄炎国，涛声接海潮”，十个字道尽从岳阳楼上俯瞰洞庭湖的宏阔博大气象，这里的“水气澄炎国”描绘了洞庭湖的浩渺与清澈，而“涛声接海潮”则生动表现了湖水的汹涌与澎湃。

“君山在咫尺，鞭石好成桥。”尾联中，袁中道的想象奇特而大胆。他将目光聚焦在近在咫尺的君山之上，并化用秦始皇于海中作石桥的典故，虚实相间，气势雄浑苍莽，令人惊叹诗人的才思！此句表达了袁中道对神明的向往和对未来的憧憬。也许在那一刻，他希望自己能够得到神明的帮助，跨越仕途的坎坷与挫折，实现自己的抱负与理想。然而，这毕竟只是一种美好的愿望。现实中的袁中道依然面临着仕途的折戟沉沙和前程的黯淡无光。但正是这种无奈与苦闷，才让他的诗歌更加真挚感人。

走笔赠岳阳诸六在太守

［明］陶汝鼐

湘山珂月麓山云，目送祥鸾去不群。
千载岳阳楼上望，于今重有范希文。

陶汝鼐（1601—1683），字仲调，号密庵，湖南宁乡人。陶汝鼐幼年便展现出过人的天资，明崇祯六年（1633），他高中举人。明朝覆灭后，面对清朝的征召，他坚守气节，毅然拒绝出仕为官。

陶汝鼐出身声名远扬的诗书世家，陶氏家族人才辈出，在文化领域颇具影响力。其祖父陶鹏在嘉靖年间奉旨深入研究《易》《春秋》等经典。受家族文化氛围的熏陶，陶汝鼐自幼承袭遗风，尤其专注《周易》的钻研。然而，纵使他才高八斗，却生逢明清鼎革的乱世。明朝灭亡后，他坚决不仕新朝，选择隐遁山林，并更号“忍头陀”，以此明志，深刻表达了对故国的深切怀念和不屈从新朝的坚定决心。

陶汝鼐的诗歌创作深受其跌宕起伏的生活阅历影响，他是一位极具民族气节和爱国情怀的遗民诗人。早期，受竟陵派诗歌创作风格的浸润，他的作品笔触细腻，情感真挚丰沛。但随着时代的剧烈变迁与个人的坎坷遭遇，其诗歌风格也发生了显著转变。饱经沧桑的经历，让他将目光更多地投向时代更迭、故国之思、家园伤痛以及百姓疾苦，其诗歌成为抒发内心情感、反映社会现实的有力载体。

陶汝鼐一生足迹遍布大江南北，交游十分广泛。清初，以王夫之为核心，湖南形成了一个颇具影响力的遗民诗人群体，主要成员包括王夫之、郭都贤、陶汝鼐、黄周星等人，其中郭都贤留存的诗作数量最多。在反清复明的艰难历程中，王夫之、郭都贤、陶汝鼐等人共同策划了“戊子之师”“壬辰之师”等湖南地区重要的军事行动，其间多次身陷囹圄。在文学创作方面，据《清史稿》记载，郭都贤与陶汝鼐交情最为深厚。陶汝鼐编纂诗歌集时，郭都贤为其作序，在《些庵诗钞》中也常见郭都贤为陶汝鼐创作的诗歌。在政治理想的追求上，二人志同道合，皆怀有舍生取义、报国为民的壮志。在诗文创作领域，彼此惺惺相惜，常通过书信往来切磋诗艺，以文会友，留下诸多文坛佳话。

《走笔赠岳阳诸六在太守》是陶汝鼐的一首经典赠别诗，此诗语言凝练精妙，格调高昂向上，充分表达了作者对岳阳太守诸六在卓尔不群高尚品质的崇敬与赞美。诗歌开篇以雄浑壮丽的自然景观起笔，巧妙地将读者引入高远悠然的意境之中。湘山，即君山，与岳阳楼、洞庭湖相互映衬，构成岳州地区独特而迷人的景致。“珂月”与“麓山云”错落有致的描绘让画面既有静谧的月夜之美，又有白昼的壮阔与变幻，宛如一幅徐徐展开的山水长卷，为全诗奠定了悠远深邃的基调。

“目送祥鸾去不群”一句中的“祥鸾”象征着吉祥与高贵，诗人借此喻指友人诸六在才华出众、出类拔萃。“去不群”则着重凸显太守不随波逐流、不与世俗同流合污的高洁品格，他恰似一只孤傲的祥鸾，自在翱翔于天际，尽显“微斯人，吾谁与归”的超然精神气质。这种对友人的高度赞誉既体现了陶汝鼐与诸六在之间的深厚情谊，也展露了他自身对高洁品质的推崇与向往。

诗歌后两句“千载岳阳楼上望，于今重有范希文”，用词清逸旷远，堪称全诗的点睛之笔。诗人登楼远眺，不禁触景生情，怀古伤今。范仲淹的《岳阳楼记》将岳阳楼的精神内涵提升至前所未有的高度，自此，岳阳楼的诗文难以有人超越。无数被贬谪的官员、失意的文人途经古岳州这片蛮荒之地，都会前往岳阳楼，他们不仅是为了欣赏湖光山色，更重要的是被岳阳楼所蕴含的家国情怀与入世精神所感染。陶汝鼐深知，即便身处乱世，自己也应如范仲淹那般，虽然居江湖之远，却始终心系国家命运，以笔为剑，反映现实，呼唤正义，这种精神贯穿了他的诗歌创作生涯，让他的作品具有了深刻的思想内涵和永恒的艺术价值。

登岳阳楼

［明］陈洪谟

此楼飞构自何年？作镇南州势不偏。
日暮巴陵云满地，春深梦泽水连天。
登临自古怀兴替，忧乐凭谁问后先。
短棹秋风聊伫望，几行征雁正孤翩。

陈洪谟（1474—1555），字宗禹，别号高吾，世居湖广武陵（今湖南常德），进士出身。他历任漳州知府、江西布政司右参政、贵州按察使、云南按察使、山东布政司左布政使、江西左布政使、兵部右侍郎、兵部左侍郎等职。

陈洪谟为湖广常德府武陵县军籍。史载，他出生时“体貌异常，头骨间有肉角半寸许，足心有赤如豆”，这样的天生异相似乎预示着他将拥有不平凡的一生。他性格内向，寡言少笑，却对经史有着浓厚兴趣，自幼便喜好读经诵史，汲取传统儒家文化的精髓。

陈洪谟留存的诗歌作品较少，七言律诗《登岳阳楼》作为其写景抒情的佳作，为我们了解他所处的时代背景和内心世界提供了独特视角。

诗歌首联“此楼飞构自何年？作镇南州势不偏”，陈洪谟以反问开篇，将读者的思绪引入岳阳楼的历史深处。古岳州城濒临洞庭，扼守长江，战略地位极为重要，自古便是兵家必争之地。岳阳楼作为“江南三大名楼”之一，屹立于洞庭湖畔，历经岁月洗礼，依旧气势恢宏，地理位置关键。它不仅汇聚了自然之美，更是人文之美的瑰宝。此句诗既是对岳阳楼历史地位的肯定，也饱含着对历史长河中无数英雄豪杰的缅怀。

颔联“日暮巴陵云满地，春深梦泽水连天”，陈洪谟进一步描绘岳阳楼周边景色。日暮时分，巴陵云彩弥漫天际，如梦似幻；春深时节，梦泽水面碧波荡漾，与天相接。这一联不仅展现了岳阳楼的自然美景，更暗含诗人对时光流逝、岁月匆匆的感慨。在这壮丽景色中，诗人仿佛目睹了历史的沧桑巨变，感受到生命的短暂与无常。

颈联“登临自古怀兴替，忧乐凭谁问后先”，诗人登上岳阳楼，尽览洞庭美景，唯有君山依旧。他由湖光山色联想到家国民族的兴衰，不禁感慨万千，陷入对历史的沉思。此刻的岳阳楼成为诗人创作灵感的源泉。

尾联“短棹秋风聊伫望，几行征雁正孤翩”，转而描写景物。诗人借秋风中的短棹和孤独的大雁似在诉说“离情”之苦，表达了自己历经沧桑、看淡世情的复杂心境与孤独寂寥之感，极为凄婉动人。在我国文化心理传统中，“秋风”“孤雁”常与凄苦心境紧密相连。此句诗不仅描绘出秋天的萧瑟景象，更传达出诗人内心深处的孤独与无奈。或许历经仕途起伏与时代变迁后，他已看淡名利荣辱，只愿在岳阳楼上，静静守望自己的内心世界。

明初有永乐之治、仁宣盛世，而明末则朝政衰败、社会动荡。陈洪谟生于成化年间，卒于嘉靖末年，历经成化时期的动荡、弘治时期的相对稳定、正德时期的腐朽以及嘉靖时期的衰败四个阶段，对明朝由盛转衰有着深切体会。陈洪谟为官三十余载，官至兵部左侍郎，以当时人的视角撰写了《治世馀闻》与《继世纪闻》。他以笔记的形式，将自己的思想体系与生活感悟融入书中。这两部著作具有较高的史料价值，是研究明中期政治、经济、文化等问题的重要资料。

登岳阳楼

[清]陶　澍

独步城巅俯若梯，危楼高峙岳云齐。
秋生水国鱼龙稳，天入湖心日月低。
远色坐收空际帆，旧痕犹湿壁间题。
江山又到衔杯处，惆怅梅花小阁西。

陶澍（1779—1839），字子霖，号云汀，是湖南安化第一位进士，清代经世派主要代表人物，道光年间政界名臣，中国近代史上杰出的政治家和改革家。

陶澍自幼聪慧过人，勤奋好学，饱读诗书，于嘉庆七年（1802）中进士，从此步入仕途。他历任翰林院编修、监察御史、山西按察使、江苏布政使、安徽巡抚、两江总督等职，所到之处皆能克己奉公，勤政恤民，深受百姓爱戴。他提倡经世致用，反对空谈误国，极力推行改革，整顿吏治，注重兴修水利、重视教育，为官近四十年，清正廉洁，功勋卓著。

除了在政治上有所建树外，陶澍学识渊博，于经史考据、文章诗赋乃至音韵之学，无所不通。尽管他的文学成就往往被其政治和经济改革的光辉所掩盖，但他一生勤于著述，尤其擅长诗歌和散文。他的诗歌数量庞大，传世诗歌有1500多首，主要保存在《印心石屋诗钞》（初集、二集）和《抚吴草》中。其诗歌题材广泛，形式多样，涵盖五言古诗、七言古诗、五言律诗、五言长律、七言律诗、七言长律及绝句等诸体。此外，陶澍还是一位散文家，传世散文有400多篇，收录于《印心石屋文钞》及《陶文毅公全集》中，文笔清秀，尤以考据见长。他的诗歌和散文都充满了对国计民生的关切，体现了他的经世思想和人文关怀。

登临岳阳楼而发出的感慨因人而异，因时而异，既有忧国忧民的社稷之叹，也有青云直上的人生得意。陶澍的《登岳阳楼》是一首充满诗意与哲理的七言佳作，写下了他登楼时的所见所感，融景与情为一体。

首联“独步城巅俯若梯，危楼高峙岳云齐”，以雄浑的笔触描绘登楼所见。岳阳楼高耸入云，与周围的群山相峙，仿佛直入云霄，气势磅礴，令人叹为观止。作为湖南人，或许陶澍对岳阳楼的偏爱之情比其他文人墨客更甚，遣词造句充满奇逸之气，这得益于岳阳楼自然人文奇观足以畅怀。

颔联“秋生水国鱼龙稳，天入湖心日月低”，构思巧妙，立意新奇，化虚为实。身临其境，秋日洞庭湖波光粼粼，仿佛有鱼龙在其中游弋；天空倒映在湖心之中，日月星辰仿佛低垂下来，与湖水交相辉映。诗人由眼前“景”而生“感”，实乃跌宕有致的佳构，诗人在尽兴游览之时，似有超尘出世之感。

颈联“远色坐收空际帆，旧痕犹湿壁间题”写远景。帆船是洞庭湖上最常见的景致，一个“空”字状写了洞庭湖山水的迷蒙无涯之感。“旧痕犹湿壁间题”化用陆游诗句“墨痕犹锁壁间尘”，泛指旧的墨痕深深地淹没于尘埃之中，虽然未作悲戚之语，但传达出来的情感更为丰富复杂细腻，迷离恍惚的意绪自然引发物是人非的人生慨叹。

诗歌以“江山又到衔杯处，惆怅梅花小阁西”作结，追怀昔日与友人在岳阳楼上举杯畅饮的场景。此刻他独自凝神，伫立在岳阳楼上，眺望这美好湖山，心中却涌起一股莫名的惆怅，感情转为沉郁。诗人慨叹人间沧桑阅尽，岳阳楼与洞庭美景却自古至今依旧。无论是寄寓某种政治理想，还是感念旧友，抑或叹时光匆匆流逝，都余味不尽，而开阔的眼前景象总能给人带来些许安慰。

陶澍的一生既是锐意进取的一生，也是诗意盎然的一生。他在政治上推行改革，整顿吏治，注重民生；在文学上则留下了众多传世之作，展现了他的才华和情怀。而《登岳阳楼》这首诗便是他诗意人生与改革情怀的完美融合。它不仅让我们看到了陶澍在登临岳阳楼时的所见所感，更让我们感受到了他深邃的内心世界和对时代的深刻思考。在未来的岁月里，这首诗将继续闪耀着光芒，激励着后人不断前行。

南城咏古十六首（其四）圣安寺

［元］乃 贤

兰若城幽处，联镳八月来。
宝华幢盖合，衮冕画图开。
断碣苍苔暗，空庭落叶堆。
饥鸢不避客，攫食下生台。

乃贤（1309—1369），字易之，号河朔外史，合鲁（葛逻禄）部人。其家族先居南阳（今属河南省），后迁居四明（今浙江省宁波市）。乃贤著有《金台集》《河朔仿古记》等作品，与韩与玉、王子充并称为“江南三绝”。

在元代词人乃贤的笔下，《南城咏古十六首（其四）·圣安寺》宛如一幅被岁月浸染的水墨画卷，徐徐铺陈出圣安寺的历史沧桑与荒凉寂寥。乃贤这位合鲁（葛逻禄）部才子，以细腻笔触与深沉情感，为后人留下窥探历史的独特视角。

“兰若城幽处，联镳八月来”，诗歌开篇点明圣安寺隐匿于城之幽僻处，诗人于八月时节与友人并驾齐驱而来。“兰若”一词赋予寺庙以清幽雅致之感，同时为全诗奠定静谧基调。此时的圣安寺尚被包裹在宁静氛围之中，然这份宁静却暗含即将被打破的预兆。

“宝华幢盖合，衮冕画图开”，诗人目光转向寺庙内部，描绘曾经庄严神圣的场景。宝华幢盖齐聚，衮冕画像陈列，往昔佛事的隆重与辉煌跃然纸上，令人遥想当年圣安寺香火鼎盛、信徒云集的热闹景象。但此等辉煌已成过往，与后文景象形成强烈反差。

“断碣苍苔暗，空庭落叶堆”，笔锋陡然一转，诗人将镜头拉回现实。残破的石碑被苍苔覆盖，暗淡无光；空旷庭院中，落叶堆积如山。“断碣”“苍苔”“落叶”等意象如重锤般敲击读者心灵，生动地勾勒出圣安寺的破败与荒芜。时光流逝，战火摧残，曾经的辉煌化作如今的萧条，令人唏嘘不已。

“饥鸢不避客，攫食下生台”，这极具冲击力的画面将圣安寺的荒凉推向高潮。饥饿的鸢鸟毫不畏惧前来的访客，公然飞下生台抢夺食物。鸢鸟的肆无忌惮更凸显出圣安寺的人迹罕至与衰败不堪，仿佛整个寺庙已被尘世遗忘，唯有这些饥饿的生灵在此徘徊。

乃贤所处时代，大都圣安寺历经末世战乱，辉煌不再。而与之同名的岳州圣安寺虽未遭受同样战乱，却也在历史长河中饱经风霜。唐代初期，岳州圣安寺由高僧无姓大和尚创建，后经宰相杨炎往来、京兆尹杨凭捐资扩建，辉煌一时。然而，唐武宗会昌二年（842年）的灭佛政策如一场腥风血雨，让圣安寺遭受重创。大量寺庙被拆，僧尼还俗，佛像钟磬被毁，佛教生存环境恶劣。即便四年后政策废止，佛教复苏之路亦漫长艰辛。或许乃贤诗中描绘的破败之景也曾在岳州圣安寺真实上演。

如今的圣安寺历经岁月沉淀，在飞檐斗拱与琉璃光辉中重获生机。它耸立于大龟山，气势宏伟，其中，“智慧门”蕴含着超凡脱俗的美好愿景；天王殿内香烟袅袅，弥勒佛慈悲端坐；念佛堂与观音殿传来的木鱼声、诵经声宛如天籁；万佛宝塔屹立山顶，将南湖、洞庭美景与巴陵城风光尽收眼底。在历史与现实交织中，这座古老寺庙既保留着往昔的沧桑韵味，又绽放出崭新活力，成为佛教文化传承与发展的见证。

乃贤的《圣安寺》一诗以凝练笔触、独特视角，不仅描绘出特定历史时期寺庙的兴衰，更折射出时代变迁与历史沧桑。它让我们得以穿越时空，感受历史的厚重，品味文化传承的力量，在诗意中探寻历史的足迹与文化的根脉。

幕阜山

［宋］许元信

幕阜山高一千八百丈，二十五洞大元天。
雪花飞满水冲石，翠嶂拨开风卷烟。
金鲤一双游碧沼，石田二亩产红莲。
我来绝顶无他事，为访仙翁葛稚川。

许元信（？—1322），字恭近，湖南岳阳人。他为人好学深思，夫妇偕隐于湘鄂赣三省交界处的幕阜山。他曾以一首《幕阜山》尽情描绘了这座高山的秀美风光：神秘的洞穴深藏其中，晶莹的雪花覆盖岩石，清澈的水流中，鱼儿欢快地嬉戏，整片山林自然灵动，恍若人间仙境。

这首诗充满了浓厚的道教色彩。道教认为，唯有高山深林方能让人亲近天地自然，与道气相通。因此，众多道教圣地皆坐落于高山之巅。高达“一千八百丈”的天岳幕阜山无疑正是这样的圣地，它被誉为三十六小洞天中的“二十五洞”，实至名归。山间飞瀑流泉，溅起如雪般的飞花。这得益于其高峻的地形与湍急的水势。而诗中的金鲤、红莲更是祥瑞之兆，寓意深远。

虽然诗人未明言，但其寻仙访道的意图昭然若揭：“为访仙翁葛稚川。”葛稚川，即葛洪，东晋时期著名道士，自号抱朴子，世称小仙翁。葛洪并非“四大天师”之一，作为道教文化中的重要人物，葛洪出现在诗词作品中往往代表着一种隐逸避世的理想，而这也与道教思想有着千丝万缕的联系。或许在这首诗中，葛稚川是一个得道成仙者的集合意象，对于幕阜山而言，葛稚川绝非唯一的得道者。目前并无资料显示有葛洪所著的《幕阜山记》，据相关记载，葛洪的师祖葛玄曾在此山修仙炼丹，留下“葛仙翁炼丹井，药臼尚存”的佳话。而葛洪自己也在80岁高龄时于此地羽化登仙，使得幕阜山“一山二葛仙”的美誉广为流传。

如今，幕阜山国家森林公园大门所在的山峰名称为“张果老山”，周围还分布着“打鼓岭”“接官岭”和“狗爬岭”，这些名称皆源于一个关于张果老的传说。

相传唐代时，幕阜山附近的山民因山林纠纷无法解决而报官。其中一方村民为迎官，在山岭上敲锣打鼓；另一方则准备了轿子以示迎接。此时，恰巧背着母亲游览幕阜山的张果老经过，双方村民误以为他就是微服私访的县太爷，纷纷上前请求判山。张果老问清缘由后，将错就错，以孝心和淳朴赢得了村民的信任，圆满地解决了纷争。从此，张果老判山的地方得名“张果老山”，打鼓迎接官员的山岭称为“打鼓岭”，抬轿接官的山峰则得名“接官岭”，而那位真县官因地势陡峭，只能爬行赶来，其所爬之岭便得名“狗爬岭”。这些传说虽为虚构，但不可否认的是，道教文化中的许多仙人都与幕阜山息息相关，这无疑增添了幕阜山的神秘色彩。

此外，这里还流传着吕洞宾“天岳卖墨”的异闻，是药王桐君结庐修炼之地，更与大禹治水的传说紧密相连。这些充满浪漫色彩的传闻为幕阜山的雄岭、险崖、奇林、幽谷和秀水披上了一层神秘的面纱。它们不仅反映了古人对自然风景的热爱与向往，更体现了古人对道教返璞归真思想的崇尚与追求。在这座道教名山之中，每一处风景都蕴含着深厚的文化底蕴和无尽的遐想空间。

汲柳毅井水试茶于岳阳楼

［明］谭元春

临湖不饮湖，爱汲柳家井。
茶照楼上人，君山披湖影。

谭元春（1586—1637），湖广竟陵（今湖北天门市）人，字友夏，号鹄湾，别号蓑翁，明代文学家，与同里钟惺同为竟陵派创始人。他所作的《汲柳毅井水试茶于岳阳楼》一诗虽仅四句，却巧妙地将岳阳楼、洞庭湖、柳毅井以及君山等名胜融入其中，浑然天成，毫无拼凑之感。在这四句诗的意境里，除去题中的岳阳楼与诗中的洞庭湖、柳毅井，更有一处“君山”欣然入画。

在浩如烟海的古典诗词中，明代文学家谭元春的《汲柳毅井水试茶于岳阳楼》虽仅寥寥四句，却以独特的艺术魅力与深厚的文化内涵，宛如一颗璀璨明珠，镶嵌在中华文学的宝库之中。这首诗巧妙地将岳阳楼、洞庭湖、柳毅井以及君山等名胜融为一体，勾勒出一幅意境悠远的山水画卷，同时展现出诗人对自然与人文的独特感悟。

“临湖不饮湖，爱汲柳家井”，诗歌开篇便令人眼前一亮。岳阳楼下，洞庭湖碧波荡漾，湖水近在咫尺，诗人却舍弃湖水不用，偏偏钟情汲取柳毅井之水。这看似反常的举动实则蕴含深意。柳毅井承载着古老的传说，相传与唐代传奇故事《柳毅传》相关，充满神秘色彩。诗人对柳毅井水的偏爱不仅源于对水质的讲究，更寄托了他对历史文化的追慕与向往。井水与湖水的选择对比不仅在无形之中增添了诗歌的文化厚度与艺术张力，也为整首诗奠定了独特的情感基调。

“茶照楼上人，君山披湖影”，后两句则将读者的目光引向更为美妙的画面。诗人于岳阳楼上，以柳毅井水烹茶，茶盏之中映照出楼上之人的身影，在这一刻，人与茶、楼与湖相互交融。而远处的君山静静地披着洞庭湖的湖影，宛如一位身披轻纱的仙子，静谧而优雅。“披”字用得极为精妙，一个动词赋予君山以生命与灵性，将君山与洞庭湖的关系描绘得生动形象，使静态的画面顿时鲜活起来。在烟波浩渺的洞庭湖的衬托下，君山的七十二峰显得小巧玲珑，翠绿与神秘交织，宛如刘禹锡笔下“白银盘里一青螺”的秀色，令人陶醉。诗人在品茶赏景之间，将自己融入这湖光山色之中，物我两忘，达到了一种超然的境界。

诗歌之外，谭元春所处的环境同样值得品味。君山这座位于岳阳县洞庭湖中的岛屿，不仅是自然风光的胜地，更是人文荟萃之所。湘妃祠、二妃墓、柳毅井等闻名遐迩的景点承载着无数的历史传说与文化记忆。君山与岳阳楼遥相呼应，形成了一幅绝美的画卷。君山岛的自然条件得天独厚，砂质土壤肥沃，年均温适宜，降雨量充沛，湿度较大，春夏之际云雾缭绕，为茶树生长提供了绝佳环境。早在唐代，君山岛便开始产茶，君山茶因种植范围有限而始终供不应求，至清代更被列为贡茶。君山银针、毛尖等茶叶以独特的品质闻名于世。从五代的“黄翎毛”到宋朝的“白鹤茶”，再到清朝的“旗枪茶”，君山茶名称的演变不仅反映了茶叶制作工艺的发展，更见证了历史变迁。

品君山银针茶，从茶具的选用到泡茶用水都极为讲究。《红楼梦》中妙玉选用精致的茶具，配以“旧年”的雨水来泡君山银针，以及贾母对“老君眉”（即君山银针）的偏爱都从侧面体现了君山茶的珍贵与独特魅力。而谭元春在岳阳楼上取柳毅井之水烹茶更是深谙品茗之道。柳毅井水水质清冽，与君山茶相得益彰，使得茶香更加醇厚。诗人此举绝非偶然之兴，而是对茶文化的深刻理解与追求，在茶香四溢中，感受着历史与自然的馈赠。

谭元春的《汲柳毅井水试茶于岳阳楼》，短短四句，却以简洁而富有韵味的语言，将自然景观、历史文化与个人情感完美融合。诗歌中既有对眼前湖光山色的细腻描绘，又有对古老传说与茶文化的深情追溯。它不仅让我们领略到了岳阳楼、洞庭湖、君山的壮美景色，更让我们感受到了中国传统文化的博大精深。在茶香墨韵里，我们仿佛穿越时空，与诗人一同沉浸在这如诗如画的世界中，品味着岁月沉淀的韵味，见证着历史的沧桑变迁。这首诗也因此成为中国古典诗词中一颗闪耀的明星，永远散发着独特光彩。

福石山瀑布

[清]钟　灵

玉女登霄已几年，银潢手挽下瑶关。
风雷昼撼苍龙吼，冰雪晴飞白练悬。
小有仙源分九派，凌空地籁发重泉。
何时洗药峰头住，坐看沧桑换海田。

钟灵，生卒年不详，字仙吟，号任庵，湖南平江县人。卒年八十，著有《史余散草》《诸子粹言》《晚窗记闻》等，今多已佚，仅《人谱述余》及《县志》稿行世。钟灵性格恬静耿介，解官归乡过洞庭时，遇风涛大作，他称舟中若有一钱非法，甘葬鱼腹，赋诗明志后，风浪立平。

清雍正年间，泰州州同钟灵以一首《福石山瀑布》深情地赞颂了家乡平江福寿山的玉女泉。这处景观坐落于百福洞水源头的九龙江畔，虽名泉，实则为一多级瀑布，总落差竟达七十余米，宽逾十米。其中最为壮观的一级瀑布，水流分作九股飞泻而下，因此得名九龙瀑布。诗人以风趣之笔，将其描绘为“仙源”分流的“九派”。诗中“苍龙吼”“白练悬”等词句生动地展现了溪水自山腰奔腾而下，如银练高悬的秀丽壮观景象；同时，那急促浩大的水声又透出一股雄浑之气。

福寿山之美绝非仅此一处。它位于思村乡境内，高山、林海、奇峰、古庙交相辉映，春花、夏瀑、秋云、冬雪四季更迭，无不引人入胜。这里的高山森林气候为山竹提供了得天独厚的生长环境，大湖坪一带竹林茂密，山风拂过，翠色涌动，涛声阵阵，令人陶醉。当海拔攀升至一千四百余米，白沙湖附近的红、粉、白杜鹃便映入眼帘。花开时节，赏花者仿佛置身绚烂的花海之中，感受那份别样的惬意。由于海拔差异，山上的花期较山下稍晚，更添一份“人间四月芳菲尽，山寺桃花始盛开”的诗意。此外，山上还有千年古藤、九股枫杨等珍稀植物，以及花岗岩风化形成的“童子拜观音”石峰、“蛟龙脊”悬崖等自然景观，皆是福寿山的瑰宝。

除了自然景观，福寿山还蕴藏着丰富的人文遗迹。清初，在大福坪南面曾有一紫竹观，因观中遍植紫竹而得名。大福坪东面又有一处古墓，当地人传言为明刘伯温之墓，结合平江地区关于刘伯温的传说，此言似乎并非空穴来风。此外，大福坪外还有昭显陈真人的“坐化岩”“祖师岩真人庙”等古迹，数不胜数。

踏入福寿山，游人不仅能领略到这些独特的景致，还能感受世界罕见的山下矿泉的神奇魅力。这矿泉中富含游离的二氧化碳、氟、硒、氡等微量元素，对心血管、肠胃、结石等疾病治疗具有奇特的辅助疗效。沿途植被茂密，空气清新，仿佛进行了一场呼吸的洗礼。此外，在青山碧水间，游人还能见到各种山石奇珍，甚至在人迹罕至的幽微之处也能大饱眼福。无论是“玉女”的柔美，还是“蛟龙”的雄壮，抑或那些关于长生通天的宗教秘闻，都是这片土地上生灵共同铸就的宝藏。它们如同埋藏在云雾中的传说，等待着人们去探寻，去揭开那层神秘的面纱。

与孟郊洛北野泉上煎茶

[唐]刘言史

粉细越笋芽，野煎寒溪滨。
恐乖灵草性，触事皆手亲。
敲石取鲜火，撇泉避腥鳞。
荧荧爨风铛，拾得坠巢薪。
洁色既爽别，浮氲亦殷勤。
以兹委曲静，求得正味真。
宛如摘山时，自歠指下春。

湘瓷泛轻花，涤尽昏渴神。
此游惬醒趣，可以话高人。

刘言史（？—约812），唐代诗人、藏书家，赵州邯郸人。少年时崇尚气节，以读书务农为业，不举进士。青年时外出漫游，足迹遍及今华北、华东、华中大部分地区。他做过小官，后因事获罪，谪居岭南，遇赦后回到北方。为生计所迫，应召为镇冀镇节度使王武俊幕府宾客。王武俊喜好词艺，对刘言史十分仰慕，曾上表奏荐他为枣强县令，刘言史托病不就，时人仍称他为“刘枣强”。后来，他应好友山南东道节度使李夷简之邀，到汉南幕府任功曹掾，元和六年（811）前往汉南，一年多以后，李夷简上表朝廷给刘升官职，任职命令下达时，刘言史却去世了。刘言史写诗约千首，著有《刘言史歌诗》六卷，今仅见《全唐诗》录存其诗一卷，计七十九首。

在中国，饮茶这一文化习俗源远流长，虽然其确切起源难以考证，但其在历史长河中的广泛影响有据可查。唐代诗人刘言史所作《与孟郊洛北野泉上煎茶》一诗便生动描绘了与友人孟郊共饮佳茗的惬意场景。

诗中细腻地刻画了从碾茶、点火到品茗的整个过程，每一个细节都显得那么讲究与精致。从“敲石取鲜火”到“撇泉避腥鳞”，再到“荧荧爨风铛，拾得坠巢薪”，诗人以细腻的笔触将煎茶的每一个步骤展现得淋漓尽致。而“洁色既爽别，浮氲亦殷勤”更是描绘出了茶汤的清澈与茶香的袅袅，仿佛能透过文字感受到那份宁静与美好。

题中的“煎”字可谓提纲挈领，从碾茶、点火一路写到饮下此茶，诗人对整个“煎”茶的过程详细着墨，甚至连“敲石”“撇泉”等细枝末节都不放过。从题中“洛北”来看，此时二人应正在洛阳，元和初年，孟郊确在洛阳为官。据载，其居所就在洛阳立德坊，门前溪水萦回。故刘言史此行应是拜访好友孟郊，某日两人兴致大起，遂往洛北一处泉水旁品茗雅谈。而能让两人如此大费周折地煎茶品尝，甚至以诗篇的形式记录下来，可见这一行为之风靡与趣味。在两人看来，越地的新嫩芽茶是难得的佳品，甚至不能假他人之手，务必亲手煎茶才能不辜负“灵草性”。好茶自然要以好盏配之，用荧荧之火煮出来的洁色茶汤更是如此。一句“湘瓷泛轻花，涤尽昏渴神”，诗人煮茶时的小心翼翼乃至希冀似乎被一盏茶盛尽，饮下时仿佛寻到了真正的宁静。

如果仔细读诗大概能发现，在这茶汤的奇效里，除去其中饱含的心血与珍贵的芽茶外，更有那一闪而过的“湘瓷”的身影。诗中所谓“湘瓷泛轻花”，有看法认为“泛轻花”或许来自长沙窑的釉下彩装饰，也就理所当然地认为“湘瓷”与长沙窑关系匪浅。实际上，在唐代煮茶法中，“泛轻花”是一种独特的茶花景色，而非装饰花样。结合当时湘地以生产青瓷茶具为主的岳州窑的情况，我们不难推测，诗中“泛轻花”的“湘瓷”极有可能就是岳州窑的佳作。

岳州窑这一在唐代享有盛誉的瓷器生产地，其瓷器以成色上乘、技艺精湛而著称。茶圣陆羽在《茶经·茶之器》中对各类瓷器进行品评，在他看来，岳州瓷与上品的越瓷一样都属于青瓷，这种青瓷相比其他种类的瓷器更利于茶香的散发与茶色的呈现。而这种独特的“白红之色”的呈现也与刘言史诗中所谓“泛轻花”之态极为契合。岳州窑瓷胎较为轻薄，胎质紧密度不如越窑青瓷。其胎色早期呈红或米黄色，但到晚期已呈现灰白色，这一点从1973年出土的隋代青釉龙首瓷碗不难看出。岳州窑的青瓷釉色大多为青绿色（也有青黄色），其釉薄而质细，釉泡较小，有玻璃质感。细看还能发现釉面的不规则细小冰裂纹，有流釉现象，这些都是其独特的艺术魅力。而古岳州窑的遗址——湘阴窑更是见证了这一瓷器文化的辉煌历史。从汉魏时期到唐代，岳州窑的瓷器不仅在国内享有盛誉，而且成为中国瓷器文化的重要组成部分，对世界文化产生了深远影响。

如今，虽然古窑已逝，但那份传承与匠心并未断裂。岳州窑的瓷器作为中国瓷器发展史上的瑰宝，依然闪耀着璀璨的光芒。它们跨越千年，等待着与世人的重逢，让我们在品味佳茗的同时，也能感受到那份来自远古的匠心与智慧。而那些泥胎着以神工的瓷器更是中国劳动人民创造力的结晶，是对世界文化做出的伟大贡献。

鲁肃墓

[清] 姚登瀛

佳城遥伴洞庭湖，湖上烟波入画图。
万树旌旗壮陆口，一生勋业著三吳。
醇醪应念故人渺，松柏多凋墓草枯。
旁有小乔芳冢在，深宵曾话旧时无。

姚登瀛（约1860—1930），字子嘉，号毋自欺斋主人，清末湖南临湘聂市（今属岳阳市）人，秀才出身，以诗才闻名湘北，著有《毋自欺斋诗稿》。其诗作《鲁肃墓》便是为这位常被文学作品矮化的东吴战略家正名的佳作。

提及岳阳楼，范仲淹“先天下之忧而忧”的名句广为人知，而距岳阳楼不远处的鲁肃墓却鲜有人问津。墓顶小亭内，光绪年间所刻的两米高石碑上，“吴鲁公肃墓”字样至今清晰可辨。在文学作品中，鲁肃常以智谋不及诸葛、勇猛不如云长的配角形象出现，但历史上的他胆略过人，颇具经世之才。

姚登瀛的《鲁肃墓》是一首对仗工整的七言律诗。首联“佳城遥伴洞庭湖，湖上烟波入画图”，以洞庭湖为背景，将鲁肃墓置于浩渺烟水间。其中，“佳城”既点明墓地位置，又暗含对鲁肃的褒扬；“入画图”三个字将实景升华为艺术意象，奠定雄浑苍凉的基调。

颔联“万树旌旗壮陆口，一生勋业著三吴”，聚焦鲁肃军事生涯。陆口作为其镇守东吴的重要据点，“万树旌旗”以夸张手法展现屯军气势，“三吴”则凸显他稳固江东、联刘抗曹的战略眼光与军事才能，此联与李调元“借荆能落曹公笔”相呼应，全面展现鲁肃的军事风采。

颈联“醇醪应念故人渺，松柏多凋墓草枯”笔锋一转，借“醇醪”典故追忆鲁肃与周瑜的情谊。如今物是人非，墓前美酒再无故人相伴，凋零的松柏、枯萎的墓草暗喻时光流逝、功绩淡去，诗人借古伤今，暗含对清末国运衰微的隐忧。

末联“旁有小乔芳冢在，深宵曾话旧时无”，将鲁肃墓与小乔墓并置，创造出跨越时空的对话场景。小乔作为赤壁之战的见证者，与鲁肃在诗人想象中于深宵共话旧事。柔美与雄才在此交融，使诗歌超越咏史范畴，成为对历史记忆的集体凭吊。

姚登瀛身为晚清秀才，诗作常融入地方文化元素。岳阳作为三国古战场与文化重镇，诗中“醇醪”“小乔”等典故的运用既贴合地域特色，又体现出晚清文人对历史题材的经典化处理。整首诗通过景与史的映衬，多角度展现鲁肃形象，既有功绩赞扬，也有追怀感慨，是清末咏史诗中的佳作，为后人了解鲁肃提供了独特视角。

汨　罗

［宋］邹　浩

忠洁云亡几百秋，汨罗江水湛清流。
是非折衷无夫子，直至如今口未休。

邹浩（1060—1111），字志完，自号道乡居士，常州晋陵（今江苏常州）人。北宋时期官员、文学家。他出身书香门第，自幼饱读诗书，深受儒家思想熏陶，以“修身齐家治国平天下”为人生信条。元丰五年（1082），邹浩进士及第，踏入仕途。因敢于直言进谏，多次在朝堂上针砭时弊，虽然因此屡遭贬谪，却始终不改其志。著有《道乡集》四十卷，且《四库总目》对其进行了著录并传于世，还有《论语解义》《孟子解义》等著作。

汨罗江畔，千年前屈原抱石投江的身影成为中国文化史上悲壮的永恒定格。北宋文学家邹浩的一首《汨罗》虽寥寥二十八字，却如黄钟大吕，在历史长河中激起千层浪。这首诗创作于邹浩某次被贬途中，途径汨罗江畔，睹景思人，触景生情。他以汨罗江为载体，将诗人对忠洁之士命运的深沉思索，以及对道义坚守的执着信念熔铸于字里行间。

“忠洁云亡几百秋，汨罗江水湛清流”，诗歌开篇便将时空拉长，“几百秋”的漫长岁月让屈原的忠洁形象更显遥远而崇高。而“湛清流”三个字表面是写汨罗江水的清澈，实则以水喻人，暗指屈原高尚的品格如这江水般澄澈透明，虽然历经岁月冲刷，却依旧一尘不染。诗人在此巧妙运用了象征手法，以江水的清澈象征忠洁之士的纯粹，使抽象的精神品质变得具体可感。这两句诗不仅奠定了全诗崇敬、肃穆的基调，也为后文的情感抒发埋下伏笔。

“是非折衷无夫子，直至如今口未休”，诗人在此发出了跨越时空的慨叹。“夫子”即孔子，孔子以“中庸”之道折衷是非，然而自孔子之后，像屈原这样忠而被谤、信而见疑的悲剧却不断上演。是非对错似乎永远没有定论，至今人们仍在争论不休。这里的“口未休”既是对历史上忠奸难辨、善恶不分现象的批判，也是诗人对自身命运的感慨。邹浩一生仕途坎坷，三次被贬，历经哲宗、徽宗两朝政治风云，与屈原的遭遇有着惊人的相似。他在诗中看似在探讨屈原的命运，实则在倾诉自己内心的苦闷与不平。

邹浩与屈原的命运轨迹有着诸多相似之处。他们都身处政治斗争的旋涡中心，都因坚守道义、直言敢谏而触怒权贵，最终遭遇流放的命运。在历史的时空中，屈原“路漫漫其修远兮，吾将上下而求索”的执着与邹浩历经磨难而不改初衷的坚韧遥相呼应。他们用生命诠释了“忠洁”二字的深刻内涵，这种对道义的坚守超越了个人的荣辱得失，成为中华民族精神品格的重要组成部分。

从艺术手法来看，邹浩的《汨罗》极具特色。全诗没有对汨罗江的景色进行细致入微的描绘，仅用一个“清”字点染江水，却以简驭繁，赋予江水丰富的象征意义。诗歌通过时空的转换与历史的纵深，将个人的情感体验与对历史的思考融为一体，以小见大，意蕴深远。此外，诗歌语言质朴自然，却蕴含着强大的情感力量，字里行间流露出的悲愤、无奈与坚定，让读者感同身受。

在历史长河中，汨罗江早已超越了地理概念，成为一种文化符号。它不仅承载着屈原的不屈灵魂，也见证了无数如邹浩般的文人志士的精神追求。余光中曾言："蓝墨水的上游是汨罗江。"这条江水流淌着中华民族的文化血脉，滋养着一代又一代知识分子的心灵。邹浩的《汨罗》正是这种文化传承的生动体现。它不仅是对屈原的缅怀与致敬，更是对"忠洁"精神的传承与弘扬，激励着后世之人在面对困境时坚守本心，捍卫正义。

石牛寨

［元］胡天游

痴牛偃蹇不服厢，天风吹落千仞冈。
明河在望归不得，化作山头一拳石。

胡天游（约1288—1368），名乘龙，以字行，自号松竹主人，又号傲轩，湖广行省平江路（今湖南岳阳平江）人。他七岁即有诗名，少怀进取之志，十余岁时文名已远扬。后人编纂的《傲轩吟稿》被收录于《四库全书》。

在湖南岳阳平江的山水之间，石牛寨以险峻奇绝的风貌，承载着千年历史沧桑。元代诗人胡天游的《石牛寨》一诗以寥寥数语，将这块巨石的传奇与精神镌刻于历史长河之中。

“痴牛偃蹇不服厢，天风吹落千仞冈”，诗歌开篇以奇特想象惊艳读者。诗人将石牛寨巨石比作一头桀骜不驯、不愿被拘束的痴牛，“偃蹇”一词生动勾勒出其高傲倔强的姿态，仿佛在与命运抗衡。紧接着，“天风吹落千仞冈”赋予这头痴牛神秘来历——它被天风吹落于千仞高冈之上，瞬间将巨石置于宏大奇幻的神话场景中，凸显其超凡脱俗的气质与雄浑磅礴的气势。

“明河在望归不得，化作山头一拳石”，后两句进一步深化诗歌意境与情感。“明河”即银河，近在眼前，可这头痴牛却归不得，无奈之下，只能化作山头的一块石头。此处，“归不得”三个字饱含无奈与遗憾，仿佛巨石有着自己的执念与渴望，却被现实无情阻隔。而“化作山头一拳石”，以简洁有力的笔触描绘出巨石最终的形态，“一拳石”看似渺小，实则坚韧，在岁月长河中默默坚守，见证世间的风云变幻。

胡天游的个人经历与其诗歌创作紧密相连。他年少有才，中年隐居，耻食元禄，晚年又逢元末兵乱，生活困顿。这样的人生轨迹使其诗歌多苍凉悲壮之感。在《石牛寨》中，那头“不服厢”的痴牛何尝不是诗人自身精神的写照？他不愿与黑暗腐朽的官场同流合污，坚守着自己的品格与理想，即便面临困境，也如巨石般屹立不倒。

石牛寨不仅是诗歌中的意象，更是历史的见证者。作为明湘东四十八寨中硕果仅存的一寨，自古以来它就是军事重镇。“四面峭壁，东北凿小磴梯而上，窄仅容趾”的险峻地形使其易守难攻。宋代曾有人在此躲避金兵之祸，元末汤旷在此组织农民起义军，与朱元璋的吴军对抗。这些历史事件不仅为石牛寨增添了厚重的历史底蕴，也让胡天游笔下的巨石承载了更多的历史内涵。

胡天游的《石牛寨》以浪漫主义手法赋予巨石以生命与情感，同时将个人精神与历史文化融入其中。诗歌短短四句，却意境深远、内涵丰富，让我们在领略石牛寨自然之美的同时，感受到历史的沧桑与诗人的精神品格，成为描绘石牛寨的经典之作，值得我们细细品味与传承。

岳阳怀古

［唐］吕　温

晨飙发荆州，落日到巴丘。方知刳剡利，可接鬼神游。
二湖豁南浸，九派驶东流。襟带三千里，尽在岳阳楼。
忆昔斗群雄，此焉争上游。吴昌屯虎旅，晋盛骛龙舟。
宋齐纷祸难，梁陈成寇雠。钟鼓长震耀，鱼龙不得休。
风雪一萧散，功业忽如浮。今日时无事，空江满白鸥。

吕温（772—811），字和叔，又字化光，河中（今山西永济）人，郡望东平（今山东东平）。他是唐代中期一位有成就的文学家，也是王叔文政治革新集团的重要人物。

岳阳楼上，历史与现实交织。吕温以一首《岳阳怀古》，将个人情感与历史沧桑融入其中，为后人留下了一篇饱含深情与哲思的诗作。

诗歌开篇“晨飙发荆州，落日到巴丘”，描绘了一幅宏大的时空画卷。诗人乘着晨风从荆州出发，在落日余晖中抵达巴丘，短短两句便勾勒出行程的迅速与空间的广阔。“方知刳剡利，可接鬼神游”，登高望远之际，诗人感受到自然力量的雄浑，仿佛能够与鬼神相通，开启了这场跨越时空的神游之旅。

接着，诗人的笔触转向眼前的壮丽景色。“二湖豁南浸，九派驶东流。襟带三千里，尽在岳阳楼”，洞庭湖与青草湖在南方豁然展开，众多支流奔腾东去，岳阳楼如同系在这广袤大地之上的丝带，将三千里的壮阔景色尽收眼底。这雄浑的自然景观不仅展现了岳阳楼地理位置的重要性，更引发了诗人对历史的追忆。

“忆昔斗群雄，此焉争上游”，诗人的思绪穿越时空，回到了群雄逐鹿的年代。吴国在此屯驻精锐之师，晋代在此驾龙舟巡游，宋、齐、梁、陈等朝代在此上演着兴衰更迭的历史剧目。“吴昌屯虎旅，晋盛骛龙舟。宋齐纷祸难，梁陈成寇雠。钟鼓长震耀，鱼龙不得休”，昔日的金戈铁马、钟鼓齐鸣不仅给这片土地带来了无尽的动荡，也让百姓深陷苦难之中。

然而，“风雪一萧散，功业忽如浮”，曾经的辉煌如同风雪般消散，一切功业都变得虚幻缥缈。此时的诗人从历史的追忆中回到现实，眼前“今日时无事，空江满白鸥”的宁静景象与往昔的喧嚣形成了鲜明对比。这宁静中蕴含着诗人对历史兴衰的感慨，以及对人生无常的思索。

吕温生活在中晚唐时期。安史之乱后的唐朝，繁华不再，陷入了内忧外患的困境。尽管统治者试图力挽狂澜，但王朝的颓势已难以逆转。吕温少有才名，凭借自身才华踏上政治舞台，加入王叔文政治集团，积极参与“永贞革新”。他满怀壮志，希望通过改革实现自己的政治理想，然而革新运动的失败让他的抱负化为泡影。此后，他又因政治斗争被贬谪，尽管在地方任上政绩显著，却始终无法摆脱壮志难酬的痛苦。

在《岳阳怀古》中，吕温将自己的人生际遇与历史变迁相融合。他对历史上英雄豪杰的追忆不仅是对往昔辉煌的向往，更是对自己无法实现理想的无奈与痛苦的宣泄。“无事”二字既是对前代功业逝去的感慨，也是他对自己人生的自嘲。

吕温的一生在政治理想的破灭与文学创作中对历史的喟叹里度过。《岳阳怀古》这首诗既是他对历史的思考，也是他对自己人生的总结。它让我们看到了一个胸怀壮志却命运坎坷的文人，在历史与现实的交织中，发出的深沉感慨。这首诗也因此具有了超越时空的艺术魅力，让后人品读时，能够感受到那份历史的厚重与人生的沧桑。

恭诵左公西行甘棠

［清］杨昌浚

大将筹边尚未还，湖湘子弟满天山。
新栽杨柳三千里，引得春风度玉关。

杨昌濬（1825—1897），字石泉，号镜涵，别号壶天老人，晚清军事将领，湖南湘乡县神童乡丰乐三十八都（今湖南省娄底市娄星区西阳镇）人。他在担任浙江巡抚期间，积极推动地方建设，兴修水利，促进了当地农业生产和经济发展。在新疆建省过程中，杨昌濬协助左宗棠，参与了诸多善后事宜和建设工作，为新疆的稳定和发展奠定了基础。他不仅著有《两浙盐法续纂备考》《五好山房诗稿》，还参与修纂了《重修皋兰县志》30卷，为文化事业的发展做出了一定贡献。

晚清同治年间，驼铃声穿透戈壁的苍茫，一支身着湘军蓝布衫的队伍向着西北边陲挺进。这支由左宗棠率领的西征大军不仅背负着收复失地的使命，更承载着重建边疆的宏愿。在此历史背景下，同为湘籍的杨昌濬写下《恭诵左公西行甘棠》，以凝练的笔触勾勒出这幅波澜壮阔的历史画卷，将个人情怀与家国命运熔铸于四行诗句之中。

杨昌濬作为左宗棠麾下的重要将领，其人生轨迹与晚清军政变革紧密相连。这位出身湘乡神童乡的将领自幼饱读诗书，后投身行伍。在浙江巡抚任上，他展现出卓越的治世才能，疏浚西湖、修筑海塘，将江南水乡治理得井井有条。在新疆事务中，杨昌濬不仅协助左宗棠收复失地，更深度参与新疆建省后的善后与建设工作。这种军政双优的经历使他对左宗棠的功绩有着更深刻的理解与共鸣，也为诗歌注入了真实而厚重的情感底色。

“大将筹边尚未还”，首句如黄钟大吕，奠定了全诗雄浑的基调。“筹边”二字凝练出左宗棠在朝堂力排众议、坚持塞防的战略眼光。当海防与塞防之争甚嚣尘上时，左宗棠以“重新疆者所以保蒙古，保蒙古者所以卫京师”的雄辩，为西北边陲的稳定争得转机。“尚未还”三个字则暗含对这位古稀老将的关切，彼时，左宗棠已年逾六旬，仍亲率大军跋涉于大漠荒原，其“明知不可为而为之”的担当尽显“苟利国家生死以”的赤诚。

“湖湘子弟满天山”，一句道尽湘军西征的壮阔图景。自曾国藩创建湘军以来，这支来自湖南乡间的队伍以“吃得苦、霸得蛮”的精神闻名。当他们翻越天山，面对的不仅是恶劣的自然环境，更有盘踞新疆的阿古柏匪帮。据史料记载，湘军将士在西征途中凿井取水、垦荒屯田，以血肉之躯在荒漠中开辟出生命通道。诗句中的“满天山”既是地理空间的铺展，更是精神力量的张扬，湖湘子弟用忠诚与热血，将“楚虽三户，亡秦必楚”的古老信念镌刻在西域大地。

“新栽杨柳三千里”堪称神来之笔，将军事行动与生态建设熔于一炉。左宗棠西征时推行“兵屯”政策，要求部队每到一处便植树造林，既改善环境，又可作为行军标识。这些被后人称为“左公柳”的树木在戈壁滩上形成绵延三千里的绿色长廊。诗人以具象的“杨柳”替代抽象的功绩，让读者得以通过摇曳的柳枝来触摸左宗棠“以种树之法固边”的智慧。这种将军事战略与民生建设相结合的理念至今仍闪烁着现代治理的光芒。

末句“引得春风度玉关”则完成诗意的升华。诗人巧妙化用王之涣“春风不度玉门关”的悲怆意象，将昔日的苍凉化作今日的生机。“春风”既是自然气象，更是德政的隐喻，左宗棠推行新政，兴修水利、创办书院、改革税制，使新疆在战火后重获生机。更值得玩味的是“引”字，它暗示着德政并非自然降临，而是通过人的努力主动“引来”，这与左宗棠“身无半亩，心忧天下”的实干精神形成呼应。

从艺术手法来看，全诗采用白描与比兴相结合的手法。前两句以叙事为主，勾勒人物与事件；后两句转入抒情，赋予自然景物以象征意义。诗歌用典不着痕迹，既继承了中国古典边塞诗的雄浑气象，又注入了新的时代内涵。这种“旧瓶装新酒”的创作方式使得诗歌在历史纵深中获得永恒生命力。

在晚清风雨飘摇的时局中，《恭诵左公西行甘棠》不仅是对个人功绩的颂扬，更是一曲家国情怀的赞歌。它让我们看到，在山河破碎的年代，总有人以脊梁撑起苍穹，用智慧与勇气在荒漠中播种希望。当三千里杨柳依旧在春风中轻舞，这首诗早已超越文学范畴，成为中华民族精神的生动注脚。

千古文脉 · 地方文化 · 诗词赏析

洞庭湖畔的千年诗魂
穿越时空的文化回响